目次

人妻合コン　不倫の夜

第一章　初めての既婚者合コン

1

（……これが、既婚者合コン）

黒服に案内されたフレンチレストランの洒落た個室。

御子柴圭介《みこしばけいすけ》は、男女がにぎわう光景に圧倒され、しばし入り口で立ちすくんだ。

縦長のテーブルに男女がずらりと向かいあって並ぶ配列だが、女性陣はこちらを向いているため、圭介はつい舐めるような視線で、一人ひとりじっくり観察してしまう。

シャープなスーツに身を包むキャリアレディ系、清楚なワンピースを着た上品な奥さま系、華やかなセレブ系、日焼けした肌が爽やかなヘルシー系とタイプこそ違うが、それぞれが可憐な花のごとく個々の魅力を放っていた。

（けっこうキレイな人妻が多いんだなあ。わざわざ既婚者合コンに来なくてもモテるだろうに）

見目麗《みめうるわ》しい女性陣に対して、男性陣は両極端である。

平日の午後七時とあって、ほとんどの男性がスーツ姿だ。もっさりした印象の冴えない男もいれば、男から見ても「モテるだろう、遊んでるだろう」とひとめでわかる者もいる。

やはり見た目は重要だ。

スーツをスッキリ着こなして小ぎれいにしている男は、女性たちから熱い視線を集めている。

そんなモテ男は当然ながら、女性を楽しませよう、褒めていい気分にさせようという意気込みが、時おり聞こえる会話や笑みを絶やさぬ表情、空いたグラスを見て「お酒、頼もうか？」などの気づかいから伝わってきた。

——銀座の老舗フレンチレストランを貸しきって開催されたパーティだった。

男女十人ずつ、計二十名が歓談する未知の空間に、圭介がしばし言葉を失っていると、

「なにボーっとしてるんだよ。圭介、いくぞ」

同じ三十六歳の会社の同期、徳田英治《とくだえいじ》が背中をつついてきた。

彼は既婚者合コンの常連で、今日は圭介を誘ってくれたのだ。

体育会出身、九歳の息子の父でもある徳田は、面倒見のいいアニキ肌で、女好きが玉にキズとも言えるが、内気で口下手、ルックスも平凡な部類に入る圭介にとっては頼りになる存在である。

そこに、ピンクのスーツを着た中年女性がかけよってきた。

「まあ、徳田さん、今月もご参加ありがとうございます」

ショートカットが似合う知的美人で、いかにも仕事ができそうな雰囲気である。

「あ、木村《きむら》社長、今日は新入りを連れてきました。御子柴圭介、俺の一番信頼できる同期です。営業の俺と違って、こいつはＷＥＢ担当だから、ＩＴ関連のエキスパートなんですよ」

徳田の大きな手が、圭介の肩を力強く叩く。

さすがだ。営業職だけあって、徳田は人を立てることを忘れない。

圭介が頭をさげると、彼女もニッコリ微笑み、

「お二人ともありがとうございます。主催者の木村栄子《えいこ》です。今日ご参加の女性陣は今までになく粒ぞろいですから、楽しんでくださいね」

慣れた感じで、そつなく一礼した。

さっと室内を見わたした徳田は、

「あの席が空いてるな。まずは酒とメシだ」

部屋の脇に並べられたビュッフェ式料理とドリンクが並ぶ一角へと促す。

圭介は名前と年齢が明記されたネームプレートを左胸に付け、料理とグラスワインを取り、席についた。

参加条件の身分証提示に関しては、前もって免許証のコピーを提出ずみである。

最近の既婚者合コンは、細分化されているようだ。

年代別がもっともポピュラーらしいが、「男性の年収が二千万以上でプラチナカード保持者のハイクラスパーティ」、「アラフォー女性好きな男性募集」「年下くん好きのオトナ女子募集」「五十歳以上限定シニアパーティ」など多岐にわたり、会費も変動する。

今日は三十代限定のパーティだ。会費は男性五千円、女性三千円と無難である。

「……失礼します」

圭介が緊張気味にイスに座ると、正面の女性が視線をあげた。

（おっ、可愛い。いかにもいいところの奥さまって感じだな）

白いワンピースに身を包んだ清楚系の人妻だ。丁寧にブローされたセミロングヘアも似合い、くりっとした大きな瞳と丸顔が愛らしい。

淑やかな雰囲気に心惹かれた。

柔らかそうに盛りあがる胸元のネームプレートには「京野《きょうの》香澄《かすみ》　34歳」と書かれている。

（香澄さんていうんだ。どう見ても二十代の肌ツヤ。Eカップくらいかなあ……オッパイも柔らかそうだ）

清楚な香澄の豊満な乳房に見惚れていると、

「初めまして、京野香澄と申します。えっと……お名前は……」

彼女は圭介のネームプレートを見つめながら身を乗りだしてきた。

乳房がグッと接近する。

「あっ、みこしば、って読むんです。難しいですよね、ははっ」

邪《よこしま》な気持ちを押し隠すように、笑ってごまかした。

「す、すみません……私ったら無知で……」

「いえいえ、フツーは読めないですよ。僕、初参加なので、どうぞよろしくお願いします」

圭介が恐縮して言うと、香澄の表情が安堵の色に変わった。

「私も初参加なんです。よかった、優しそうなかたが前にいらしてくれて安心しました。私はカフェ店員のパートをしています」

頰を赤らめる香澄のキュートさに、圭介は心の中で早くも「ラッキー」と叫んでしまう。

「カフェ店員なら、ドリンクを扱いますよね。僕、飲料系商社に勤めているんです」

努めて誠実な笑顔を見せると、香澄は「まあ、共通点があって嬉しい」とはにかむように微笑んだ。

守ってあげたくなるような愛らしさに、圭介の鼓動は高鳴っていた。いや、ズボンの中のペニスが少しだけビクッと反応している。

鎮まれ……まだ合コンは始まったばかりだぞと言い聞かせる。

(最初は戸惑ったけど、来てよかったなあ。徳田に感謝しなきゃ)

香澄と微笑み合いながら、圭介はこれまでの経緯を反芻した。

三歳下の妻、英里《えり》と結婚したのが二年前。友人の紹介だった。

交際期間を含めると四年になる。

飲料系商社に勤めるＷＥＢ担当の圭介と、料理が趣味で食品メーカーで企画担当する英里は意気投合。結婚生活は順調なスタートを切った。

最初は共働きだったが、料理上手な英里は「料理ブロガーになるのが夢」と心機一転。専業主婦になり、ＩＴに強い圭介に教わりながら、健康志向の料理ブログを始めた。

料理の腕にいっそう磨きがかかったのはいいが、思わぬ障害が生まれた。

英里は「体に悪いわ」と添加物や加工品などの食材を徹底的に排除し、圭介の食生活も強制するようになったのだ。食品メーカーに勤めていたゆえの知識からである。

確かに彼女が作る食事はオーガニックにこだわった健康志向で、味も文句のつけようがないほど美味しい。

が、時にはカップ麺やコンビニ弁当、デリバリーのピザだって食べたくなる。

それを「体が汚染される」といっさい許してくれない。

そのうえ、手料理を一緒に食べている時も「塩分の摂《と》りすぎは体に悪い」「肥満防止に野菜から食べて、炭水化物は最後ね」「アナタの健康を心配して言ってるの」と、とにかく気が休まらない。

口げんかも増え、やがて夫婦の会話そのものが減っていった。

そのころ、料理ブログを続けていた英里には、実にフォロワー数が十万を越え、出版社から「料理本を出さないか」と声がかかった。

添加物や加工品を使わない安価でヘルシーな料理レシピは、子供を持つ母親に支持され、加えて、ふだんから美意識の高い彼女の美貌にも注目が集まった。

本は版を重ね、第二弾も刊行。セミナーや講演のオファーも増えるという人気ぶりだ。

知名度と経済力を得た女性は強くなる。

英里は「しばらく別々に暮らしましょう」とひとりでマンションを借りて出ていった。

その一連の経緯を同期の徳田に呑みがてら相談した結果、誘われたのが既婚者合コンだ。

たまには他の女と呑んで、憂さを晴らせよ、と。

そして「既婚者なら、あと腐れなくていいぞ」と意味深な笑みを浮かべた。

既婚者合コンは、銀座、渋谷、新宿、品川、横浜など主要な地域で催されるが、徳田が選んだのは、代々木のオフィスから近い新宿や渋谷ではなく、銀座だ。

徳田が住む荻窪、圭介のマンションがある自由が丘からも遠いエリアである。

理由を訊くと、知人や息子のママ友などに会うと面倒だというごもっともな意見を述べた。

しかも、男女ともに「ひとり参加」が多いらしい。家庭を大事にしつつも、一時のときめきを求める男女が非日常を味わう空間である。そこに顔見知りがいては台無しなのだ。

「ご歓談中、失礼します」

先ほど挨拶を交わした女社長が、前方に立った。

「皆さま、ようこそ『Jドリーム』の既婚者パーティにご来場くださり、誠にありがとうございます。主催者の木村栄子でございます。念のためお伝えしますが、弊社は不倫を推奨するものではございません！」

客席からどっと笑いが起こった。

栄子が続ける。

「世の中は婚活パーティが盛んですが、結婚がゴールではないことは、既婚者の皆さんなら重々承知でしょう。私はひとりの女性として、既婚者にも出会いの場があってもいいと常々思っていました。実は、『結婚後、パートナーから異性として扱われなくなったことが悲しい』『結婚しても、ときめきや刺激が欲しい』という声が大変多いのです。結婚生活や夫婦の在り方が多様化するいま、夫婦関係とは別に、新しい関係を築きたいと切に願う男女が増えています。弊社はそのお手伝いをしたい。言うなればセカンドパートナー探しです！」

堂々と経営理念を告げる栄子に、会場から拍手が沸きおこる。

（なるほど、セカンドパートナーか……物は言いようだな）

圭介はグラス片手にうなずいた。

結婚はゴールじゃない——まさにそのとおりだ。

同じ屋根の下で暮らす夫婦が、必ずしも良好な関係を築いているとは言いきれない。現に自分たちは別居しているではないか。それどころか、別居する半年以上前からセックスレスである。

（そういや、俺のWEB部門はほとんどが男で、女性と接する機会だってゼロに

近い）

別居してからの独り暮らしには、彩りというものがなかった。

休日と言えば、昼すぎに起きて大好きな００７シリーズのＤＶＤを観る。腹が減ったらコンビニ弁当か近所の定食屋でひとりで食事をし、たまった洗濯物や掃除をさっとすませる。

そんな時、ちょっとときめく女性がいれば、味気ない毎日が……いや、人生そのものが変わるかも。

「――では、今から二時間、大いに楽しんでください。まずは、十分間のトークタイムです！」

栄子の言葉で、圭介は我に返った。

「十分ごとにチャイムを鳴らしますので、男性のみ、隣の席に移動してください」

華やかなクラシック音楽が会場に流れ始めた。

2

「あ、あの……御子柴さんて、『００７』がお好きなんですね」

正面に座る京野香澄が、参加者名簿のプリントを見ながら、話しかけてきた。

事前アンケートで趣味や特技、アピールポイントの欄があり、好きな映画は『００７』と書いたのだ。

「はい、全作ＤＶＤを持っていて、今もくりかえし見ているんです。子供の頃は、大人になったらスーツより先にタキシードを着たいと思ったくらい憧れて……もしかして、京野さんも００７ファン？」

「はい、大好きです！」

香澄は大きな瞳を輝かせた。

「意外だなあ。共通の話題が増えて嬉しいですよ。歴代のシリーズなら、どの作品が好きですか？」

「うーん、ひとつには絞れませんよね」

「確かに。じゃあ、初代のショーン・コネリーなら？」

「そうですね……彼なら『ゴールドフィンガー』でしょうか。ボンドガールが全身に金粉を塗られて窒息死した場面にぞくぞくします。二代目のジョージ・レイゼンビーは気の毒でしたね。作品のできは素晴らしかったのに、ショーン・コネリーのイメージが強すぎて今いちヒットせず、一作で降板」

圭介は「うんうん」とうなずきながらも、目はワンピースごしの豊かな乳房や腰のくびれ、形のいい唇からこぼれる白い歯に引きよせられていた。

すでに頭の中では、香澄のヌードを妄想してしまう。

「……で、三代目のロジャー・ムーアはユーモアたっぷりのボンドでしょうか。コネリーに代わるボンド像を作ったと感じています」

「ああ、た、確かに……彼はユーモアがありますよね」

適当に相づちを打ってしまう自分が情けない。

しかし、それだけ香澄のフェロモンが圭介を骨抜きにしてくるのだ。

そんな心境などつゆ知らず、香澄は立て板に水のようにすらすらと楽しげに話し続ける。

「ムーア自身ユーモラスな人で、記者からスタントマンを使っていることを訊かれ、『使っているとも、ラブシーンにね』って答えたんですって。その後のティモシー・ダルトンは、ダイアナ妃からもっともボンドらしいって評されたんですが、二作で終わりましたね。シリーズ存続も危ぶまれましたけれど、五代目ピアース・ブロスナンの好演で盛りかえし、ファンにはありがたかったわ」

「すごいな、僕より詳しいかもしれない。現在のダニエル・クレイグはどうでしょうか。最初はボンドらしくないって、あまり評判がよくなかったけれど、あの捨て身のアクション、僕は好きだなあ」

「私も大好きです。派手なアクションとボンドの内面に立ち入った脚本で、コネリー以来のボンドだって次回作での引退を惜しまれていますね」

弾む会話に、圭介は大いに感動していた。

香澄のキュートさはもちろんだが、圭介自身、ここまで007についていろいろと語り合える女性には初めて会ったからである。

「驚きました。007マニアと自負していましたが、京野さんがこれほど詳しいとは」

「いいえ、私も嬉しいです。そうそう、けっこうセクシーな会話もありますよね。『ロシアより愛をこめて』でしたっけ。『私、口が大きすぎると思わない？』と言ったダニエラ・ビアンキに、ジェームズは『僕のサイズにはちょうどいい』とか、ドキドキしちゃう」

「えっ……」

予想外の言葉に、圭介のほうが面食らった。

可憐な香澄の口から、フェラチオの話題が出るなんて――

（香澄さん、どんなフェラをするんだろう……人妻だから、やっぱり上手いんだろうな。あの大きな目で見られながらイチモツを頬張られたら、もう、即暴発だよ）

ピンクのルージュが光る香澄の唇を改めて眺めた。

ペニスに熱い疼《うず》きを感じた直後、チャイムが鳴った。

「え、もう十分経過？」

圭介が呆気にとられていると、

「まだまだ話したりないですね」

香澄も残念そうに唇をすぼめる。

（あ、しまった）

参加者名簿を見ると、香澄の趣味は「ガーデニング」と書かれてある。「００７」の話で盛りあがったのは嬉しいが、彼女のことをもっと聞いてあげればよかった。

「あ、あの……京野さん、よかったら連絡先を交換してもらえませんか？」

トークタイムで意気投合した相手とは、LINEでのアドレス交換が許可されていた。

このような場合、男性から訊くのがマナーだろう。

「え、ええ……もちろんです」

香澄も嬉しそうにスマホをポーチから取りだした。

互いの連絡先を交換したのち、男性陣はドリンクや料理皿とともに一席横に移動する。

「初めまして。御子柴圭介です」

次に対面した女性は、キャリアウーマン風の美女だ。

落ち着いたベージュのスーツにゴールドのループピアス、ロングヘアが似合う目鼻立ちのくっきりしたエキゾチックな顔立ちに、赤いルージュが男心を掻きたてる。

「どうも、白木《しらき》瑤子《ようこ》です」

会釈した拍子に、スーツの胸元から胸の谷間が顔を覗かせた。

（ア……胸の谷間が……細身なのにけっこう巨乳かも）

ネームプレートには三十八歳と記されている。

目のやり場に困りながらも、話題を探そうと圭介は参加者名簿を見た。

（ん？）

趣味の欄にはオペラと書かれている。圭介にはまったく縁のない高尚な世界だ。

確かチケット代は五万くらいのはず──。

「白木さん、趣味がオペラとはすごいですね」

「父の仕事の関係で、十代はデュッセルドルフにいたんです。それで──」

「へ、へえ……憧れの世界だなあ」

圭介自身、海外はハワイと香港、新婚旅行で行ったオーストラリアのみである。

訊けば、現在は大手航空会社のグランドホステスをしているらしい。親と同居しているため、十一歳の娘の世話も任せられる。既婚者合コンは何度も来ている常連とのことだ。

「もちろん、主人には『仕事なの』ってごまかして参加しているんですけどね」

微笑がわずかに妖艶さを帯びた。

思わず、ベッドでの姿を妄想してしまう。

接客業はストレスもたまるだろう。日ごろの鬱憤がたまって、セックスはけっこう激しいタイプかもしれない。いや、帰国子女は外国人とも経験ずみだろうか。イク時は「イエス！　アイム、カミン！」とか叫ぶのかな――。

（ヤバい……）

またもよからぬ妄想でペニスが膨らんでくる。

圭介はあえて話題を変えた。

「あ……あの……オペラはどういった演目がお好きなんですか？」

鎮まれ、鎮まれと心の中で呪文を唱える。

「そうですね、娘は『椿姫』が好きですが、私はモーツァルトの『魔笛』でしょうか。モーツァルトのオペラは好きなんですが、他のドイツオペラ……ワーグナーはちょっと苦手かしら。それよりはヴェルディやプッチーニといったイタリアオペラのほうがロマンチックで私好みです」

「そ、そうですか……」

「カルロス・クライバー指揮の『椿姫』のＣＤは、娘と何度聴いたかわかりません。天才指揮者クライバーが亡くなってしまって、一度でいいから彼の指揮するオペラを生で鑑賞したかった――」

うっとりと話す瑶子だが、圭介はちんぷんかんぷんだ。

才色兼備のセレブ妻が、なぜわざわざ合コンに来るんだろうとの思いが頭をもたげてくる。

(徳田ならこういうタイプの女も、うまく相手するんだろうな)

チラリと横を見ると、徳田はメガネをかけたインテリ系美女と盛りあがっている。

耳をこらすと、「俺、仕事とセックスは家庭に持ちこまないんだよね」とあっけらかんと言い、それに対して女性も「やだー!」と嬉しそうにはしゃいでいる。

(まったく、さすが営業マンは違うよな)

圭介は苦笑した。

体育会出身の徳田は長身でガタイもよく、日焼けした笑顔が眩しい、男でも惚れ惚れするタイプだ。

ただ、九歳の息子の父となった現在、真顔で「子供が生まれたら夫婦はもう男と女じゃないよ。親だ。女房は大切だが、もう女としては見られない」とこぼしていた。

実際、家庭を壊さず女遊びもうまくやっている。

それが羨ましくないと言ったらウソになる。

男は結婚してもやはり多くの女をモノにしたい。生涯現役でいたいのだ。

（まあ、女遊びは別として、徳田の明朗さや臨機応変な言動、リーダーシップは見習うべきだよな）

そう思ったタイミングで、またもチャイムが鳴った。十分経過だ。

連絡先を訊く間もなく、徳田が圭介の席に移動し、瑶子と相対した。

その後はあっという間だった。

ひとり十分間といえども、十人の女性とトークを終えるとさすがにぐったりする。

普段パソコン相手に仕事をしているだけに、気疲れ、人酔いがハンパではない。

（はあ、営業職の奴らを改めて尊敬するよ。人と話すってかなり頭と体力を使うなあ……そういえば、香澄さんはどこだ？）

残りのフリータイムでは真っ先に香澄を探したが、すでに別な男が香澄の隣席を陣取り、満面の笑みで話している。

（なんだよ、アイツ……鼻の下伸ばしやがって。くそっ）

初参加だという香澄も、スタート時よりもかなりリラックスした様子だ。

思わず嫉妬の感情がこみあげてくる。

このような場合、積極的な男なら「僕も失礼」と割りこむだろうが、圭介にその勇気はない。

ひとり壁ぎわの席で酒を呑んだ。

徳田は、オペラ好きの白木瑤子と窓際のペア席で話しこんでいる。

さりげなくボディタッチを交えて話すあたり、さすがに扱いがうまい。

圭介はほろ酔いのまま、フリータイムで談笑する男女を眺めた。

(けっこう皆ノリノリだなあ。これじゃ独身者の合コンと一緒じゃないか)

ハアと深いため息をつきながら、二つ気づいたことがある。

一つ目は、普段男性とあまり接していない女性は、色香の出し方がイマイチ下手ということだ。フェロモンをさほど感じないのである。空気のように慣れ親しんだ夫としか接しない人妻は、緊張もあってかスマイルはほとんどなく、相手への好奇心も薄い。常に受け身の体勢だ。

対して、接客業だったり、男性と話す機会の多い女性は笑顔がチャーミングで、相手に楽しんでもらおうというサービス精神やホスピタリティに長けている。会話の膨らませ方や、いい意味での「媚び」も身に着けている。

二つ目は社長の木村栄子が言ったとおり、男性同様、結婚して子供を持っても「女」として扱われたく、ときめきを欲している。

極端に言えば、男に求められたいのだ。

そしてかつて言われた言葉――例えば、キレイだね、可愛いね、愛してるよ、仕事頑張ってえらいね、君と一緒だと楽しいよ――女たちはそんな些細なひとことを望んでいる。

「二次会参加者は、人数の最終確認をしますので、こちらに集合してください」

すでに九時すぎだというのに、二次会に行くグループが店の予約をしているようだ。

(あれ、徳田は?)

皆が帰りじたくをする中、圭介があたりを見回すと、徳田はなんと白木瑶子の腰を抱き、圭介に目配せをしてきた。

「じゃあな」と口パクで言い、こっそり親指まで立ててみせる。

(うそだろ……あの二人、これから……)

そこには誰の目から見ても、これからベッドに向かう男と女のただならぬオーラが漂っている。

(アイツったら、まったく)

瑶子も瑶子だ。娘を親に預けて、既婚者合コン常連同士で浮気かよ。

怒り半分、羨ましさ半分で踵《きびす》を返した時、

(あれ?)

少し離れた場所にたたずむ香澄と目が合った。

圭介は真っ先に駆けより、思いきって声をかけた。

「あ、あの……もし、迷惑じゃなかったら、少しだけ一緒に呑みませんか」

「えっ」

香澄が一瞬、戸惑うように目を見開く。

「いえ、ご家族が心配するようなら、無理は言いません。ただ……まだもう少し、あなたと話したくて」

ダメもとで本心を伝えると、香澄は嬉しそうにうなずいた。

「はい、ぜひご一緒させてください」

3

午後九時半、二人は会場から近い銀座のバーにいた。レンガを基調としたクラシカルな店内に備えつけられたカウンターには、スツールが八席ほど。

そこに二人は並んで腰かける。棚にはバーボンやスコッチのボトルが所せましと並べられ、シェリー樽もあるオーセンティックなバーだ。

「素敵なお店ですね。御子柴さんはよく来るんですか？」

「い、いや……二回目……かな。以前、会社の上司につれられてきて」

思わず目を泳がせてしまう。

合コンでは気づかなかった、ワンピースから覗く香澄のムッチリした太腿があまりにも眩しすぎたのだ。極薄のストッキングに包まれた白い太腿は、見るからに柔らかそうだ。そのうえ豊満な乳房の盛りあがりや、ヒップラインも手に取るようにわかり、気が気でならない。

（マズいよ……近すぎる……でも、二人っきりでデートと言うことは、少しは脈ありか？）

甘い香水の匂いも漂って、ただでさえ高鳴る鼓動が、さらに乱れていく。

二人は当然のように、007でもおなじみのウォッカマティーニで乾杯した。もちろん、ステアではなくシェイクである。

「夜、遅くなっても大丈夫なんですか？」

香澄を口説きたい一方で、帰宅時間も心配になる。何しろ彼女は人妻なのだ。

「……大丈夫です。主人は出張ですし、私は大学時代の同窓会といって出てきたから」

「そっか。じゃあ、多少遅くなってもいいんですね」

圭介の言葉に、香澄はグラスを見つめながら「ええ」とうなずいた。

（よっしゃー！）

と圭介が胸底でガッツポーズを取る。

（ただ、彼女も俺も合コン初参加だ。いくらなんでも出会った初日にベッドに誘うのはマズいよなあ）

しかし、徳田が言った「既婚者はあと腐れがなくていいぞ」という言葉も引っかかる。

常連になるとワンナイトラブを目的に参加している男女も多いようだ。

（いやいや、香澄さんはそんな尻軽な女じゃない——）

そう信じたい思いと、彼女を抱きたいスケベ心が交錯する。

ふと、隣に座る香澄を見た。マティーニのグラスを持つ白くほっそりした指が美しい。整った横顔がほんのり色づいているのは、酒のせいだけだろうか。

「……しいんです……私」

「えっ？　なんて」

「……寂しいんです」

「寂しい？」

濡れた唇がマティーニをひとくち啜る。

「はい……」

「あの……僕でよかったら、話してくれませんか？」

その言葉に、香澄はひと呼吸おいてからじっと圭介を見つめてきた。

二人の視線が絡み合う。

息苦しくも、ヒリヒリするようなときめきが圭介の胸奥から湧きあがる。

「御子柴さん……私に女を感じてくれました？」

唐突な物言いに、圭介は一瞬息をつめ、たじろぐように目をしばたたかせた。

「も、もちろんです。出会った瞬間から淑やかで育ちのいい奥さんだと思っていました」

「そういうんじゃなくて……『女』を感じたかを教えてほしいんです」

「えっ……あの……女と言うのは……」

香澄の言わんとしていることは理解できる。すでに十分すぎるほど女を感じ、今すぐ抱きしめたい衝動に駆られている。

しかし、出会った時から豊かな乳房を目で追い、頭の中では裸にさせ、ましてやフェラチオする姿を想像したとは口が裂けても言えない。

そして、今も柔らかそうな太腿が気になってしょうがないなんて――。

気合いを入れようと、圭介はグラスのマティーニをグッと飲みほした。

「正直言うと、京野さんと楽しそうに話す男を見て、嫉妬しましたよ……あなたを独り占めしたかった。これは、女を感じている証拠と言えますよね？」

フリートーク中も香澄が気になって仕方なかったと、今さらながら思いだす。

「嬉しい。私ね……夫は出張が多くて子供もいないし、家でも仕事中も本当に寂しいんです。夫と一緒の時もほとんど会話らしい会話はなくて……食事と洗濯、掃除をするだけの家政婦って感じで……」

「そんな……これほど魅力的な香澄さんを」

そう言って、言葉を切った。

世間では、妻の英里も魅力的な部類であろう。

しかし、独身時代はスペシャルだと思えた多くのできごとが、結婚後は「日常」となり、日々の生活に埋もれていく。ひとつ屋根の下に住むことも、食事をともにすることも、セックスだって——それが結婚というものだ。

この日常という「敵」に負けて、別れていく夫婦がどれほど多いことか。

「あの、実は僕……妻とは別居状態なんです。かろうじて既婚者ではありますけど」

「……そうだったんですか。私たち、共通点が多いですね」

「ははっ、そうですね。007が好きで、夫婦仲もイマイチ」

「私たち……相性がいいかも」

香澄は涙声で薄笑みを浮かべた。

かろうじて目の端でこぼれずにいる涙が、澄んだ湖のように美しい。

次の瞬間、圭介は自分でもよくわからぬまま、カウンターに置かれた香澄の手に自分の手を重ねていた。

「香澄さん……」

苗字ではなく、名前で呼んだ。

シルクのごとく吸いつく肌が、彼女のたおやかさを表しているかのようだ。

香澄が拒む様子はない。

恥ずかしそうにうつむいてはいるが、圭介の次の言葉を待っているかに思える。

重ねられた二つの手にじっとりと熱がこもる。

「……こ、こんな時、ボンドなら、なんて誘うのかな」

焦った圭介の口から、自分でも意外な言葉が放たれた。

(おいおい、007を出してどうするんだよ！　ここは堂々と自分の言葉で誘う場面だろう?)

あまりの情けなさに、自分でツッコんでしまう。

しかし、香澄はクスッと目を細めた。

「きっとボンドなら……『本当の君は大胆な女性だよね。それを隠そうとしているのが僕にはわかるよ』なんて言って、強引に私をさらってくれるんじゃないかしら」

4

「ああ、圭介さん……」

三十分後、二人は銀座のビジネスホテルの一室で抱き合っていた。

セミダブルのベッドとデスクにチェア、ミニ冷蔵庫やテレビが置かれた、シンプルな空間である。

ワンピースを突きあげる乳房が、圭介の胸元に強く押しつけられる。

(すごい、予想以上にグラマスだ……それに、いい匂い)

股間はすでに勃起し、むず痒いほど血流が集まっていた。

「香澄さん……」

圭介は甘い香りを胸いっぱいに吸いこみながら、香澄のなだらかな稜線を描く頬に触れ、真正面から見据えた。

窓から差すネオンが可憐な美貌を照らしている。

(可愛すぎるよ……たまらない)

長いまつ毛に縁どられた瞳は潤み、頬がバラ色に紅潮している。なにか言いたげに震える艶やかな唇に、圭介は自分の唇を押しつけた。

（ああ、ついに……香澄さんとキスを……）

あまりの柔らかさに感動で胸が震えた。

女性とキスしてこれほど胸奥が熱くなったのはいつぶりだろう。

「わ……私……初めて会った人と、こんなふうになるなんて思わなかった……」

キスを解いた香澄は、今にも泣きそうな顔で唇を引き結んだ。

その顔には戸惑いと昂揚、そして夫を裏切る背徳感がありありと浮かびあがっていた。

「僕もですよ」

「軽い女だって思わないでください……私、夫以外とは初めてなの。恋人期間が長かったから……」

「そ、そうなんですか……」

まさか――と思った。

香澄にとって、自分は人生二人目の男なのだ。

圭介のペニスが一瞬、萎《しぼ》みかけた。初めて夫を裏切る人妻を抱くという言い知れぬプレッシャーからだ。しかし、正直に話してくれた香澄に、愛しさが募ったのも事実だ。

徳田のように「既婚者はあと腐れなくていいぞ」と素直に喜ぶ気にはなれない。

圭介自身も経験人数は五、六人と決して多いほうではなく、特段、セックスが得意と言うわけではない。数時間前に出会ったばかりの女性と、その日のうちに甘い関係になること自体、信じられない思いでいっぱいなのだ。

「だ、大丈夫、優しくします……でも、後悔しませんか？」

今一度、香澄に冷静になってもらおうと、そうたずねた。

「後悔は……しません」

きっぱりと告げる声がわずかに震えている。

香澄も迷っているのだ。

それでも、女を取り戻したいという切なる女心から、圭介の胸に飛びこんできてくれた。

「僕も……後悔させませんから」

優しく丁寧に扱ってあげなければ──そう思うそばから、圭介はつい夢中で唇を押しつけ、舌を差し入れた。舌先が香澄の唇を割り裂き、生温かな口腔内に潜りこんでいく。

「ンッ……ンン」

香澄は甘く鼻を鳴らした。

舌を絡めると、香澄も必死に細い舌をくねらせてくる。

甘やかな唾液が行き来し、吐息がぶつかった。

ニチャッ……ニチャッ……

互いの鼓動が同化し、衣服ごしの肌熱があがっていく。

圭介の手が丸く盛りあがるヒップを撫でまわすと、
香澄は肉付きのいいヒップを右へ左へと逃がした。

「ハア……ぅン」

その尻を摑み、ハリや弾力を確かめるように、むぎゅむぎゅと揉みしめる。

「んっ……恥ずかしい」

言葉とは裏腹に、香澄は圭介の背中に回した腕にギュッと力をこめて、体をいっそう密着させてきた。

そのうえ、艶めかしいあえぎが徐々に激しさを増し、舌の動きも大胆になっていく。

唾音《つばおと》を響かせながら、香澄は舌と腰をくねらせ、さらにはワンピースごしの下腹を圭介の股間にこすりつけてきた。

一度萎えかけた肉棒は、はち切れんばかりにズボンを突きあげている。そこをふっくらした恥丘でこすられるのだからたまらない。

「あう、くうっ」

「……嬉しいです……圭介さんがこんなに興奮してくれて」

感極まったように香澄は声を震わせ、さらに強く下腹を押しつける。

なおも勃起がこすられ、圧迫されると、

(もう、がまんできない！)

圭介は香澄の手を取り、ベッドに優しく押し倒した。

体重をかけぬよう覆いかぶさり、耳元に熱い吐息を吹きかける。

「……んっ」

ビクッと香澄の体が波打った。

耳たぶを優しく食《は》み、すべらかな頰から首筋へとキスの雨を降らせていく。

「ン……ン」

悩ましい声が圭介の鼓膜を打った。汗ばんだ手のひらで、香澄の腰から脇腹を撫でつける。

久しぶりに触れる女性の体だ。圭介は呼吸することすら忘れ、香澄を感じさせたい一心で宝物を扱うように優しく手を這わせた。

やがて、腰のくびれから這いあがった手は、香澄の量感ある乳房を包みこんだ。

「あ……ッ」

細いあご先を反らして、香澄は乳房をせりあげた。

(あ、想像以上に大きい。それに、なんて柔らかいんだ)

圭介は両側からすくいあげるように、二つの乳丘を捏ねまわした。

衣擦れの音と艶めかしいあえぎが聞こえる中、両手でムニムニと揉みしだき、洋服の上からでもわかる乳首の尖りを摘まんだ。

「ンンッ」

香澄がいちだんと激しく身悶えた。

目はつむっているものの、瞼も頬も首筋も真っ赤に染めて、全身から生々しいフェロモンを発していた。

ハアハアと呼吸する香澄と向き合ったまま、圭介は彼女の背中に手を回し、ジッパーをおろしていった。股間は痛いほど勃起し、カウパー液が噴きだしている。

ジジジ……と響くファスナーの音に、興奮のボルテージがますますあがっていく。

汗ばむ背中が手に触れ、指先をかすめたブラのホックを外すと、

「ンっ……」

香澄は恥じ入るように圭介の腕の中で肩を震わせた。

(可愛すぎるよ……香澄さん)

彼女の震える双肩に手を添え、ブラ紐とともにワンピースをおろしていく。

華奢な鎖骨と胸元が顔を覗かせた。純白のブラジャーに包まれたマシュマロのような二つの膨らみが、乳首をギリギリ隠した状態で朱赤に染まっている。

(もう少しだ。もう少しで香澄さんのオッパイを……)

先ほど感じた背徳の念は、すでに消え去っていた。

圭介がごくりと生唾を呑んだところで、さらにブラごと衣服をさげると、

ぷるん——

見るからに柔らかそうなミルクプリンにも似た豊かな乳房が飛びだした。

(おっ、キレイだ。乳首もピンクで最高じゃないか)

予想どおりEカップほどだろうか。仰向けになってもちっとも歪《ひず》まぬまろやか

な乳肌に、感激という言葉しか見つからない。

(乳首がこんなに勃ってる……)

圭介はツンと尖った桜色の実を口に含むと、口内の乳頭はますます物欲しげに硬さを増していった。

「はあっ……あっ」

香澄が激しくのけ反る。しこり立つ乳首をチュッと吸いあげれば、香澄は汗ばむ体を揺さぶりながら、くぐもった声をあげる。

「すごくキレイです……香澄さん……俺、すごく感激してます」

圭介は重たげに実る乳房に手指を食いこませながら、赤く尖る先端を舐めしゃぶり、舌先で上下に弾いた。

「あんッ、気持ち……いい……圭介さん……圭介さ……」

圭介の名を呼ぶ香澄の乳首は痛々しいほど硬く充血し、丸い乳輪までもが興奮でぷっくりと膨らんでいる。

噴きだす汗の匂いが香水と混じり、いっそう淫靡な香りを充満させていた。

(ああ、なんてエッチで敏感な体なんだ)

乳房だけでも激しく身悶える香澄は、時おり声を裏返らせながらあえぎ、身悶え、ぐっと摑んだ圭介の肩に爪を立ててくる。揉みしだくほどに素肌を火照らせ、じっとりと発情の汗を噴きだしていく。

感じすぎてたまらないといった女の叫びが、性感の研ぎ澄まされた女体から十分すぎるほど聞こえてくるようだ。

「け……圭介さんも……脱いでください……」

息も絶え絶えに、香澄が告げた。

交互に吸われた乳房は真っ赤に染まり、ネオンの灯を受け、汗と唾液で卑猥に光っている。

「わ、わかりました」

圭介は起きあがり、素早くスーツと下着を脱ぎ、裸になった。

振り返ると、香澄は純白のパンティ一枚となり、交差した両手で乳房を隠し、仰向けになっていた。

（なんというボディ！）

乳房から続くウエストはキュッとくびれ、形のいい縦長のへそ、女性らしく張りだした尻からムッチリした太腿、そしてまっすぐ伸びた美脚へと続いている。

「ご……ごめんなさい……はしたないですよね……でも私、我慢できなくて

「……」

「い、いいえ……あまりにもキレイすぎて……俺ももう、がまんが限界で……」

よく見ると、香澄のパンティごしに薄く陰毛が透けている。

(ああ、香澄さんのアソコが……)

この女体がもう少しで自分のものになると思うと、今にも鼻血が噴きだしそうだ。

圭介が股間を押さえていた手を離すと、ぶるんとバネじかけのごとく肉棒が勢いよく跳ねあがった。自分でも驚くほどの急角度である。

「あっ」

香澄の目が、赤銅色に猛るペニスに釘付けとなった。

大きな瞳はますます潤み、頬もいっそう上気していく。乳房を両手で隠したままだが、いざペニスを目にして欲情が高まったらしい。パンティに包まれた尻をもじつかせている。

圭介は男根をしならせながら、彼女の足元に這い、内腿に手を置く。

「あ……ン」

香澄は一瞬、困惑顔を見せるが、その表情は見る間に男と交わる前の期待に彩られていった。

圭介は恥丘に食いこむパンティの両脇に手をかけ、ゆっくりと引きおろしていく。本来なら、内腿を撫でたり、パンティの上から触って焦らしたりと、それなりの段階を踏むのだが、今日ばかりはその余裕がない。

「ン……恥ずかしい……」

なだらかに盛りあがる恥丘の下から、うねる性毛が顔を出した。

(おお、キレイに手入れされている。けっこう薄めだな)

香澄の陰毛は楕円型だ。愛らしいワレメが薄い叢《くさむら》から垣間見える。心なしか甘酸っぱい匂いが立ち昇ってくる。さらにパンティをおろしていくと、淡いネオンでもわかるほど、パンティ裏にはべったりと愛液のシミがこびりついていた。

(すごい、濡れてる……)

足首から抜き取ったショーツの匂いを嗅ぎたくなるが、まずは、丸めてベッドの片隅に置いた。

「恥ずかしい……私、男の人とこんなふうになるのは、数年ぶりで……。夫ともセックスレスなんです」

香澄は乳房を覆い、もう一方の手でワレメを隠しながら、消え入りそうな声で呟いた。

「恥ずかしがっている香澄さん……すごく可愛いです……」

圭介は柔らかな内腿に両手をかけ、ゆっくりと広げていく。

「ああ……」

「力を抜いてください……優しくしますから」

その言葉に安堵したのだろう、香澄は太腿の力を解いた。圭介に促されるまま脚を広げ、手もそっと外す。

「ぉぉ……これが、香澄さんの……」

薄い陰毛に縁どられたサーモンピンクの粘膜があらわになり、圭介は凝視した。対をなす肉ビラはぷっくりと充血し、右側がやや大きめである。ヌラヌラと濡れ光るヒダの上にはすでに包皮の剝けたクリトリスが真珠のごとく赤く艶めいている。そしてポッチリとした尿道口が、膣穴の上に認められた。

「キレイですよ……香澄さんは、どこもかしこもキレイでいやらしい……最高です」

「嬉しい……でも、あまり見ないで……恥ずかしいの」

次の瞬間、甘酸っぱい匂いを放つ濡れ花から、透明な蜜がツツーと噴きだした。

（おお、すごい濡れようだ）

圭介は香澄の両腿を摑んで尻を浮かせると、ヴァギナにむしゃぶりついていた。

「はぁぁあっ」

香澄は悲鳴をあげながら、汗ばむ尻をくねらせる。

かまわず押さえこんで、噴きこぼれる愛液もろとも、肉ビラをしゃぶりあげた。

濃厚な女肉の酸味が口いっぱいに広がっていく。愛蜜をすくうように舌先を上下に動かし、あふれる女汁を啜りあげると、

「あん、あんっ、あぁぁ……ッ」

香澄はいっそう激しく身をよじらせた。

圭介の頭を摑み、髪を搔き乱しながら、ぐいぐいと股間を押しつけてくる。

もっと激しくと言わんばかりに、クンニをせがむように──。

「圭介さんの舌、気持ちいい」

香澄の陶酔しきった声が響いた。

乳房を弾ませ、夥しい量の愛液を噴きこぼしては、太腿を震わせている。ムッと濃くなる性臭が、ますます圭介の脳髄をぐずぐずにとろけさせていく。

「俺もです……」

圭介は枕元に手を伸ばし、摑んだマクラを素早く香澄の尻の下に置いた。

女陰の位置が十センチほど高くなり、俄然、クンニリングスが容易な体勢となる。

脚をM字に開かせたまま、両親指で肉ビラを広げると、真っ赤にただれた女の粘膜がさらに奥深くまで露出し、生き物のようにヒクヒクと蠢いている。

(うわ……エロいなあ)

顔を近づけ、合わせ目の上に尖る充血したクリ豆を吸いあげると、

「ヒッ……そこはっ」

香澄はひときわ甲高くあえぎ、総身を激しく揺さぶった。

妻の英里はクリが敏感すぎて強い刺激を拒んだが、香澄は違うようだ。圭介は立て続けに、クリトリスを吸い転がし、舌先で強くねぶりあげた。

「はうっ、くううっ……」

肉粒を集中的に愛撫していると、見る間に香澄の太腿がブルブルと震えだした。

ベッドカバーに爪を立て、破れんばかりに搔きむしっている。

(もしかして……イクのか?)

圭介はなおもクリ豆を責めたてる。

唸るように屹立する勃起に「もうすぐだ、がまんしろ」と言い聞かせ、懸命に舌を上下左右に動かした。

チュパッ、チュパッ、クチュクチュ……ッ……

「ンッ、あううっ」

香澄はなおも苦しげに身を打ち震わせる。

手を伸ばして乳房を弄《いじ》ることも考えたが、以前、付き合った女性に「イキそうになった時、別な場所を触られると、イクことに集中できない」と指摘された経験があり、以来、女性が昇り詰めそうになったら、そのままの行為をひたすら続けることにしている。

舌先での愛撫と吸引を交互に浴びせていると、朱に染まった肌がさらに濃いピンク色に変わっていく。

「ンッ……もうすぐ……」

その言葉に、圭介は舌の根が折れるほど激しいクンニを浴びせ続けた。

包皮の剝け切ったクリトリスをねぶり回し、ピンと上下に弾きまくる。したたる愛液を塗りこめるように、ネロネロ、チュパチュパと執拗に刺激した。

「あっ、あっ、あっ……」

香澄の声音が獣の唸りのように裏返った。香澄は汗びっしょりの腰をガクガクと痙攣させる。

「ああっ……ダ、ダメッ、イキます！」

その声に、圭介がダメ押しで肉芽を強く吸いあげると、

「はぁぁあああっ!!」

香澄は全身を硬直させたまま、大きくのけ反り、甲高い悲鳴とともに絶頂を迎えた。

「ごめんなさい……私ばかりイッてしまって……」

香澄は、しばしグッタリしていたが、数分後には呼吸を整え、恥ずかしそうに圭介の手に指を絡めてきた。

「いえ、嬉しいですよ。香澄さんがイッてくれて」

「でも、まだ圭介さんが……」

香澄のもう一方の手が圭介の勃起を握りしめてきた。

「うっ」

圭介が腰を引くと、

「ほら……こんなにドクドクしてる……それにすごく硬い」

香澄はガマン汁で手が濡れるのもいとわず、愛おしげにさすってきた。

「ああ……気持ちいい」

「今度は私にお礼をさせて……ダメ？」

潤んだ瞳に見つめられた。

（も、もしかして、フェラチオってことか）

パーティ中から香澄のフェラ顔を拝みたいと、何度思ったことだろう。

「ダ、ダメだなんて、とんでもない」

その言葉を受け、身を起こした香澄は、圭介の足の間に這いつくばった。

まるで圭介の目に自分の姿がどう映るかを計算しているかのごとく、正面でイチモツを握りながら下を向き、揺れる乳房をいっそう豊かに見せている。

そのうえ、左右に張りだした尻を高々とあげ、まさに眼福という出で立ちでフェラチオに挑もうとしていた。

そこには、人妻の欲望とともに、性技に長けるプライドのようなものが透け見えている。

「すごいカチカチ」

香澄はうっとり呟くと、顔を股間に寄せた。

（おお、いよいよだ……俺のチ×ポを香澄さんが……）

香澄はふうっと熱い吐息を亀頭に吹きかけてきた。

「くっ」と圭介が唸った刹那、香澄は差し伸ばした舌で肉幹の裏側をネロリと舐めあげた。

「あ……うっ」

ペニスがビクビクと打ち震える。

香澄は根元を支え持ったまま、細い舌先でいくども胴幹を舐めあげ、舐めおろす。

チロチロ……ピチャッ……

「ううっ……あぁっ」

圭介の背筋に愉悦の電流が這いあがった。

たったひと舐めで暴発してしまいそうなほど、そのソフトな感触に鳥肌が立ち、静脈を浮き立たせた肉棒をねぶり回す香澄のエロティックな表情に、目を血走らせてしまう。

「ますます硬くなってきたわ」

微笑を浮かべた唇がOの字に開き、やがて亀頭を口に含むと、そのまま一気に根元まで呑みこんだ。

「おおっ、おおおっ」

圭介は目を見開いた。

この瞬間を逃してなるものかと、奥歯を嚙みしめ、しかと美妻のフェラ顔を脳裏に焼きつける。キュートな顔立ちだけに、ペニスを頰張って間延びした表情はひどく妖艶に歪み、それがかえって興奮に拍車をかけた。

「ああ、香澄さんが俺のモノを……」

万感の思いをこめて感動を伝えると、香澄はその言葉に応えるように大きな目を少しだけ細め、ゆっくりと上下にスライドを始めた。

ジュボッ……ジュボッ……

舌を絡め、唇をめくらせながら、フェラチオはしだいに大胆になっていく。

顔を右へ左へと傾けた状態でジュブジュブと頰張り、肉竿全体にあますことなく唾液をまぶしてくる。舌の動きも止まることはない。ヒタと男根表面に密着させた舌を執拗に絡みつかせたまま、あらゆる角度でスライドを浴びせてくるのだ。

「ああ……ン……美味しい」

背後に突きあげた尻を振りたてながら、濡れた唇がカウパーを啜りあげる。

「くう……むむッ」

あまりの興奮に、ペニスは野太く漲《みなぎ》り、熱い脈動を刻んでいた。こめかみがぴくぴくと痙攣し、額から汗がしたたりおちてくる。

やがて、香澄は唾液と体液で濡れた手で陰嚢《いんのう》を掴んだ。

「ううっ」

四つん這いになったまま、キュッとあがった睾丸を転がすように、やわやわと玉袋をあやしてくる。そのたび、背筋に快楽と背中合わせの寒気に似たものが這いあがり、圭介は唇を噛みしめた。

ジュブッ、ジュボボッ……!!

陰嚢への愛撫と、濃密なフェラチオのダブル責めはなおも続く。

チュポンと下唇で弾いた亀頭を再び喉奥深くまで呑みこみ、またもズリュっと吸い立てる。張りだしたカリのくびれを舌先でぐるりと一周し、鈴口にあふれたカウパー液を啜りあげる
陰嚢を揉みしだいていた手は再び胴幹を握り、スリスリとしごきたてながら、休むことなく口唇愛撫が浴びせられた。

(す、すごいよ……昼は淑女、夜は娼婦……)

圭介は全身そそけ立つほどの愉悦と興奮に包まれていた。

香澄は依然として尻を振ることも乳房を揺らすことも忘れない。時おり潤んだ瞳が圭介を上目づかいに見据え、ねちっこく舌を使う。

「……な、なんてエロいんだっ」

もし鏡があれば、圭介は情けないほど紅潮した自分と対面することになっただろう。

下肢が震え、全身の血が逆流していく。呆けたように半開きにした口からは「はあ、むうう」とだらしない声を漏らしていた。

今にも暴発しそうな圭介の心中を察したのか、香澄はいったん手シゴキとスライドを止めた。

一息ついたところで、握ったペニスを斜めに咥えこんだ。

ひとおもいに頬張った亀頭は内頬を突き、香澄の愛らしい頬をぽっこりと膨らませた。

(ううっ、なんていやらしい)

竿の部分がネロネロとねぶられる。

あふれでた唾液が口許を濡らし、ベチャリとベッドにしたたった。

(うっ……こんな……横フェラをするなんて)

香澄の顔は、エサを溜めこんだリスの頬袋のように亀頭の形に膨らんでいる。

快楽と眼福で圭介が息を呑んでいると、次いで香澄は逆側の頬も同じように内頬を突き、またも亀頭の形に膨らませた。

(なんなんだ、このエロさは。ダンナに仕込まれたのか?)

横フェラを受けたのは、生まれて初めての経験だ。

香澄は夫以外の男は知らないと言った。

圭介で二人目なら、おそらくダンナが仕込んだに違いない。欲情とともに言い知れぬ嫉妬心が芽生え、それが結果的にさらなる興奮へと変貌していく。

「くっ、もうダメだ」

あまりの興奮に、熱い塊が尿管をせりあがってくる。

今にも噴射しそうだ。

(ダメだ、なんとしてでも暴発は避けたい)

香澄の膣内《なか》で思いっきり欲望の汁を吐きだすのだ。

「か、香澄さんッ!」

口唇から素早くペニスを引きぬいた圭介は、勢いをつけて起きあがり、そのまま香澄をベッドに仰向けにした。

シックスナインも考えたが、がけっぷちまで追いつめられたペニスがそれを許さない。

「ご、ごめん……もうがまんできません。香澄さんと一つになりたい」

頬に髪を貼りつかせ、口許をドロドロにした香澄を見おろした。

香澄は頬を紅潮させたまま、コクンとうなずく。

圭介は再度引きよせたマクラを香澄の尻の下に置くと、M字に開く脚の間にひざ立ちとなった。

己が男根を支え持ち、亀頭を膣口に押し当てる。

グチュリ……

「ああ……」

二人の声が重なった。

声にならないあえぎを漏らした香澄の瞳をじっと見据え、ヴァギナの中心に狙いを定めると、圭介は満を持して斜めから勢いよく腰を叩きつけた。

ズブ、ズブズブッ——!!

「はぁぁぁあっ！」

香澄の体が大きくたわむ。夥しい愛液と唾液を潤滑油に、ペニスは一気に香澄の胎内を貫いた。

（うう、これが香澄さんのアソコ……熱くて、キツイ）

ペニスを根元まで埋めこんだ状態で、圭介はしばし動けずにいた。少しでも腰を動かせば、凄絶な快楽が押しよせてきてしまう。

それでも、わずかに腰を振り、肉をなじませる。

結合感がぐっと深まった。ペニスを押し揉むように女壁がキュッ、キュッと締めあげてくる。

「嬉しいです……私、女として本当に自信を失っていたの……」

圭介に串刺されたまま、香澄は今にも泣きそうに眉根を寄せた。

「香澄さんは、十分魅力的ですよ。もっと自分に自信を持って」

圭介自身、自分を鼓舞するように告げた。

「痛くありませんか？」

「大丈夫……ちょっと苦しいけれど、それが幸せなの。私の体が圭介さんのモノで満たされていることが、たまらなく幸せ」

感激するような言葉を告げられ、圭介は男泣きしそうになる。

自分もこれほど感動するセックスをかつて味わっただろうか。

香澄の上気した美貌を見つめながら、

「動きますよ。痛かったら言ってください」

徐々に腰を前後し始めた。

初めはゆっくりだが、吸いつく肉襞が得も言われぬ心地よさを運んで、ピストンは自然と速度を増していく。

ズジュッ、ズジュッ、ズジュジュッ……！

「ああっ、はああっ」

香澄の手が圭介の二の腕をひしと摑んだ。

「そ、そこ……いい場所に届いてますッ」

香澄が快楽のポイントを告げてきた。

すでに一回達している体は、想像以上に敏感な反応を見せた。

彼女の急所に腰を力強く打ちつけ、ズン、ズン——と地鳴りさながらの強烈な胴突きを穿ちまくる。

凶器のごとく張りだしたカリのくびれが、ぬたつく膣襞を逆撫でしていく。

「ああ、感じます……奥まで……あああっ」

香澄の呼吸が見る間に乱れていく。

あごを反らせ、発情の汗を飛び散らし、乳房を弾ませながら、したたかに身をのたうたせた。

圭介の送りこむ律動に身を委ね、呑みこまれていく。

ズブズブッ、ズブブッ……!!

穿ったたび、香澄は髪を振り乱し、咆哮を放った。

(すごい、すごいよ……こんなに乱れるなんて)

パーティで出会ったあの清楚な人妻はいない。

理性をかなぐり捨てた女が、男に貫かれて身悶えをする、狂おしくも愛しい姿がそこにあった。

「あああっ、いいっ、いいーーっ!」

圭介がピッチをあげるたび、香澄は淫獣のごとく、むせび泣いた。マクラで浮きあがった尻を自ら弾ませ、いっそう結合を深める貪欲さも隠さない。

圭介も負けてはいられない。

律動のたび遠ざかる香澄のひざ裏を引きよせ、獰猛ともいえる胴突きをしたたかに浴びせまくった。彼女の夫よりも香澄を感じさせたい一心で角度と深度を微妙に変え、ついでに抽送のリズムも変えながら打ちすえる。

(くうっ、もう一度、彼女をイカせたい!)

激しい脈動を刻むペニスは、射精寸前だったが、それでも必死にこらえながら、一打一打、的確に肉の鉄槌で刺し貫く。

そのうち、香澄の体に異変が起こってきた。

「ああっ、ダメーー、ダメーーッ!!」

首を左右に激しく振りながら、全身をガクガクと小刻みに震わせた。

いや、痙攣と言っていいだろう。ピンクに艶めく肌は、今やいっそうまだらに染まり、わなわなと蠢く唇からは湿ったあえぎが透明な唾液とともに吹きだしている。

「も、もう……ダメ、またイキそう……ああっ、イキます、イッちゃいます。ああ――」

反り返った体が乳房を弾ませ、さらに激しくもんどりうった。

直後、圭介も猛烈な勢いで連打を送りこむ。

肉と肉がぶつかり合う打擲《ちょうちゃく》音が鳴り響いた。

強烈な熱感が猛スピードで尿管を駆けのぼる。見開いた目の奥で、鋭い閃光が瞬いた。

「だ、出しますよ。香澄さんの膣内《なか》に出しますよ！」

とどめともいえる一撃を叩きこんだ直後、

ドクッ、ドクッ、ドクドクドク——!!

欲望のエキスが膣奥付近で勢いよくほとばしった。

それは、自分でも驚くほど長々と続く射精だった。

第二章　翻るスカートのなか

1

（香澄さん、最高だったなあ）

週明けの月曜日、圭介は脳内をピンク色に染めながら、オフィスのパソコンに向かっていた。

ふだんなら憂鬱な週始めである。

周囲から聞こえるキーボードを叩く音や電話やメールの着信音、社内を行き交う社員の靴音や笑い声にもウンザリしてしまう時もある圭介だが、今日に限ってはいっこうに気にならない。

(まさに夢心地だった……本気になったらどうしよう)

脳裏には、激しく身悶える香澄の妖艶な姿がちらついている。いや、香澄の甘い匂いも、ペニスを締めつける膣の感触までもが鮮明に残っている。

あれほど長く射精が続いたのは初めてかもしれない。

週末も香澄とのエッチを反芻しては、オナニーに耽った。

こうしている今も、男根がじくじくと痺れてくるのだ。

(う、マズい……)

勃起がズボンを突きあげてくる。

圭介が気合いを入れようと、両手で自分の頬をパンパンッと叩くと、皆がキョトンとした目を向けてきた。

「ァ……す、すみません」

周囲に謝りつつも、ニヤケ顔がとまらない。

彼女をまた誘ってもいいだろうか——帰りのタクシーで送り届ける際、降車した香澄は名ごり惜しそうに何度も圭介を振りかえっていた。

(旦那は出張がちだって言ってたしな)

思わずほくそ笑んだところで、

「おい圭介、聞こえてんのか？」

ギョッとして振り向くと、徳田が立っているではないか。

「な、なんだよいきなり」

「さっきから何度も声をかけてたぞ」

「ァ……と、ゴメン」

圭介が頭を掻くと、徳田は大柄の体を屈めて圭介の耳元で声をひそめた。

「あのあと、俺はオペラ好きな彼女とラブホで三発キメたんだけど、お前はどうだった？」

「さ、三発……」

「あの人妻、そうとうヤリまくってるぜ。グランドホステスのシフト勤務を利用して、銀座や品川、横浜、千葉まで合コンの遠征だってさ。まあ、そのお陰で俺もいい思いできたんだけど、まさか三発とはね」

徳田自身も絶倫と言わんばかりに自慢げだ。

「で、圭介はどうなんだよ。最初の人妻と映画の話題で盛りあがってたよな」

「あ、ああ……話は弾んで、一応、連絡先の交換はできたけど……」

まさか、初参加でホテルに行ったとは言えない。第一、自分は徳田のように関係を持った女性のことを軽々しく口にしたくない。

「なんだよ、高校生じゃないんだから、もっと押せ押せでいけよ」

「でもな……」

圭介が言いかけた言葉をさえぎるように、徳田は声の音量をさらに落とした。

「クビになった山田《やまだ》課長、覚えてるだろう。結婚願望の強い独身女ほど怖いものはないぞ」

――以前、上司と不倫して熱をあげた部下の女性が、「私は山田課長にもてあそばれた」と社内メールを一斉送信し大騒動となったことがあった。自爆覚悟ともとれる告発により、山田課長はクビ。妻からも離婚届を突きつけられて、その後は消息不明である。

「その点、人妻なら対等だ。守るものや帰る場所があるから、バカな行動は起こさない」

そこまで言って、徳田はニンマリと表情を一変させた。

「で、来週末なんだけど、今度は別会社主催の既婚者合コンがあるんだ。値段はちょっと割高なんだけど、その分、女のランクもアップしてる。夜にでもメールしとくよ」

ご機嫌な様子で、去って行った。

帰宅後――

自宅PCのメールをチェックすると、送られてきたのは、なんとクルーズ船で開催される既婚者限定パーティだ。

東京湾を周遊するというゴージャスなもので、年齢は三十～五十歳までの男女と記載されている。

「お客さまの声」の欄には、顔にはモザイクがかかっているものの、フォーマルな装いに身を包んだ女性が、夜景をバックに男性と戯れている画像が何枚も添付されていた。

（へえ、前とはかなり雰囲気が違うな）

気後れしそうになりながらも、華やかなパーティの画像を見入っていると、メールの受信音が鳴った。

「え、うそだろ」

圭介は思わず声をあげた。

送信者が別居中の妻、英里からだったからだ。

(もしかして、既婚者合コンに行ったのが、バレたのか?)

慌てて内容を見ると、自分の顔がみるみる険しくなるのがわかった。

「お久しぶりです」という文言から始まったメールは、離婚を申し出る内容だったからだ。

「い、いきなり離婚って……別居して、まだ二カ月じゃないか」

既婚者合コンに行ったバチが当たったんだろうか。

確かに最近の英里は、本の刊行やセミナーだけにとどまらず、少しずつだがメディアへの出演も増えていた。

情報番組の料理コーナーや無添加スイーツ店の紹介など、仕事の幅を広げている。

認知度も、収入だって、以前よりもあがっているはずだ。

(もう俺は用無しってことか……)

圭介は神妙な面持ちで「御子柴英里」をネット検索すると、ざっと十万件以上ヒットした。

(うわ、ここまでビッグになってるとは)

タレントとの共演画像の他、セミナーでの受講生との写真が多数アップされている。

もともと美意識が高く、三十三歳と女の熟れごろだ。メディアでの活躍が増えたせいか、夫のひいき目に見ても、エキゾチックな美貌にいっそう磨きがかかっている。

(でも、待てよ……)

よくよく考えれば、自分になにか非があるわけでも、人の道にそむいているわけでもない。

確かに、既婚者合コンでは香澄と男女の関係にはなったが、英里はそれを知らない。

(単なる性格の不一致……正しくは食の不一致ごときで、一方的に離婚を申請されても、それがとおるとは思わない)

圭介は複雑な思いのまま、パソコンを閉じた。

2

翌週の金曜日、午後七時——

圭介は英里に返事を出せぬまま、二回目の既婚者合コン会場へと向かった。

集合場所は日の出桟橋だ。

スポットライトが当たる四階建ての豪華クルーズ船が、パープルに染まりつつある西空を背景に停留している。

（英里の件はひとまず忘れよう）

圭介は手持ちの服の中でも一番高価なネイビーのスーツにネクタイを締め、意気揚々と船内へと続く小さなブリッジをわたる。

徳田とは船内で会うことになっている。

レッドカーペットが敷きつめられたエントランスを進むと、シャンデリアがきらめく下には、ずらりと並んだ制服姿のクルーズ船のスタッフが恭しく礼をして迎えてくれる。

「いらっしゃいませ」

「ウェルカムドリンクをどうぞ」

女性スタッフからフルートグラスに注がれたシャンパンを受けとり、酒や料理が並ぶキャビン内に入ると、すでに会場はスーツやカクテルドレスで着飾った男女が和やかに歓談している。

（おお、やはりセレブな美女ばかりだな）

あまりのゴージャスさに目をしばたたかせた。

女性陣の多くはロングヘアをゆる巻きアレンジや夜会巻きにしており、メイクやネイル、アクセサリーにも抜かりがない。

さらに言えば「年齢不詳」と形容していいほど、肌や髪やスタイルを美しく維持している。

所帯じみた印象は微塵《みじん》もなく、ファッション雑誌から抜けでたような華やかな奥さまそのものである。

胸元が大きく開いたドレスや、背中を大胆に露出したカクテルドレス姿の女性も多く、洗練された客船内にいっそう華やぎを添えている。

（すごいなあ、とても人妻には見えない。俺にはたちうちできないハイクラスの美女ばかりだ）

圭介がため息とともに、ふと、壁にかかる船内の案内図に視線を移す。

大広間の他、四階に行けばバーラウンジやバルコニー、トップデッキ、三階には個室などもあるようだ。

ボオ――――‼

汽笛が鳴り、船が出港した。

大広間の壇上に、主催者らしきスーツ姿の熟年男性がマイク片手に立った。

「皆さま、本日はご多忙の中、ご来場ありがとうございます。今宵は百名もの紳士淑女がお集まりです。弊社主催の既婚者パーティでは、他社のように安全ピンのネームプレートを付けて、大切なお召し物を傷つけるような無粋なことはいたしません」

ブラックジョークとも取れるスピーチに、会場から苦笑が起こった。

いかにも「経済力とステイタスを得た男」という風情の彼が続ける。

「皆さまの個人情報は事前にご提出いただき、確認ずみでございますので、身分はわたくしが保証します。あとは大人同士、ご自由に楽しくご歓談いただくのみです。ちょうど夕陽も沈みかけたマジックアワーです。今宵は皆さまの出会いにどのようなマジックが起こるのでしょうか。それではどうぞ、二時間半、存分にお楽しみくださいー」

拍手とともに、船内は再び談笑が湧きおこる。

（さすがだな。パーティ慣れしてるリッチな紳士と言う感じだ）

圭介は周囲の男性客にも目を向けた。

（うーん、三十歳から五十歳までだけど、男の年齢層はけっこう高めだな。この前のように野暮ったいタイプはいないし、何よりも金持ちオーラがプンプンだ）

男性客たちが着る仕立てのいいスーツや磨きぬかれた靴、高級時計が目に入る。日焼けした肌は、ゴルフ焼けかマリンスポーツを思わせるし、体もそれなりに鍛えているのが胸板の厚さから察せられた。

（俺、かなり場違いだよな……これって富裕層向けか？）

気後れする圭介を気にかける者はいない。

皆、すでにいくつかのグループに分かれ、ソファーや立食式のテーブルを囲んで歓談している。

女性陣は金の匂いを嗅ぎ分ける能力にも長けているらしい。自然にリッチでエグゼクティブな男性を囲んでいる。

参加者の話から、船は日の出桟橋、東京ゲートブリッジにスカイツリー、羽田空港やレインボーブリッジに東京タワー、ディズニーランドのシンデレラ城も観られるルートだとわかった。

（まあ、いいか。二時間半後には終わるんだ。この雰囲気だけでも楽しもう）

気落ちした心を立て直そうと、圭介がうなずいたその時、

「よお、圭介」

背後から、ポンと肩を叩かれた。

徳田である。

紺のピンストライプのスーツに、深みのある赤のネクタイ。ポケットチーフと洒落こんで、先日以上に気合いが入っている。

「どうだ？　前回より断然いい女ぞろいだろう？　会費二万円の価値はある」

徳田は上機嫌で手にしたシャンパンを口にする。

「うーん……どっちかっていうと、前みたいにカジュアルな感じが俺には合ってるな。派手な美魔女やセレブ系ばっかりじゃ、気後れしちゃうよ」

「バカだなあ。服装は人間の内面を体現してる。派手に着飾った女こそ自己顕示欲や承認欲求の塊だぞ。大げさなくらい『キレイすぎて、まともに目を合わせられません』とか『女優にならなかったのが不思議ですよ』なんてプッシュすれば意外に簡単に落ちる」

徳田は女性たちにギラついた視線を向けた。

「そんなキザな言葉、お前しか言えないよ」

圭介が苦笑する。

「わかってないな。こんな非日常のシチュエーションだからこそ言うべきなんだよ。彼女たちだって自分を盛りあげようと目いっぱいドレスアップしてるんだから、お姫様あつかいしてやらなきゃ」

「なるほど、お姫様あつかいか」

「特に女を褒める時は、相対評価で褒めろよ」

「相対評価？」

「ああ、『美人だ、キレイだ』と単純に褒めるよりも、『今夜の女性の中で君が一番キレイだ』とか言ってプライドをくすぐるんだ」

「さすが営業マンだな。勉強になるよ」

「お、あの人妻、けっこうタイプだな。胸は控えめだけど、ヒップがデカい。あいうタイプはベッドじゃ淫乱なんだよ。じゃあ、ここからは別行動で」

徳田はゴールドのドレスに身を包む、ストレートロングヘアをなびかせた細身の人妻のもとへと接近する。笑顔で声をかけ、名刺をさっと出すスマートな仕草はさすがだ。

(そういや、このパーティは十分間トークタイムはないし、フリータイムのみだから自分から動かなきゃいけないんだよな)

圭介は周囲を見渡した。

耳をすませば、早々に金持ち自慢合戦が聞こえてくる。

――ナパバレーで購入したブドウ園に、プライベートジェットで行った。

――銀座のホステスと同伴したことが妻にバレて、そのお詫びに五百万円ものジュエリーを買わされた。

――夢は五十歳でセミリタイアして、ドバイやシンガポールの別荘と日本を行き来する人生を送ること。

そんな会話が飛び交うたび、女性陣は「すごーい」「奥さまが羨ましい」と、そのおこぼれでももらおうとしているとしか思えない賞賛の言葉を口にする。

（あーあ）

圭介はため息をつくと「とりあえず、軽く食べておくか」と、料理コーナーに足を向ける。

ローストビーフや鮮魚のカルパッチョで小腹を満たし、ワイングラス片手に再び船内を周回した。

すでにカップルになってトークを楽しむ男女や、相変わらずリッチな熟年男性を囲んではしゃぐ女性たちにウンザリしていると、背中にドンと衝撃があった。

「おっと」

圭介はよろめいたが、すんでのところで足を踏んばり、酒をこぼさずにすんだ。

「あら、ごめんなさい。よそ見してぶつかっちゃった」

見れば、ピーチピンクのミニドレスを着た美女ではないか。

（うわ、モデル級の美人！）

思わず目をみはった。

栗色のロングヘアは緩く巻かれ、大きな瞳と高い鼻梁、上品な唇が卵型の小さな顔におさまっている。そしてゆうにFカップはあるたわわな乳房の谷間のセクシーさに加え、特筆すべきは、ふわりと広がるミニスカから伸びたナマ脚の美しさである。スラリと長い脚の先にはピンクのペディキュアに彩られた爪が、華奢なサンダルから桜貝のごとく覗いている。

「い、いいえ。こちらこそ……失礼しました」

呆気に取られている圭介を尻目に、美女は「では、失礼」とエレガントな足取りで、エントランスから四階へと続く階段へと進む。

（ここは声をかけなきゃ）

圭介は見えない鎖に繋がれたかのように、ワイングラスをテーブルに置いたのち、美女のあとを素早く追った。

彼女は十センチはあろうかというピンヒールを、まるで自分の脚の一部のように優雅にはきこなし、一段一段、階段を昇っていく。

爪先はもちろん、すべすべの踵《かかと》までもが美しい。

歩くたび、女性らしいふくらはぎの筋肉がわずかに隆起し、キュッと締まった足首の細さにも見惚れてしまう。

「おっ」

声を張りあげたのは、ミニスカートの裾がふわりと揺れ、白い太腿はおろか、ヒップを包むパンティが見えそうになったからだ。

(おお、これぞ嬉しいハプニング!)

幸い、彼女は圭介に気づいていないようだ。

(セクシーすぎるよ。この角度)

思わず頭を下に傾け、スカートの奥を覗きたい衝動に駆られてしまう。

(だめだ、それじゃ長ーいエスカレーターで、ミニスカ女子高生のパンツを見ようと躍起になる中年オヤジじゃないか)

努めて理性的、紳士的に振るまわねば——そう自分をいましめ、見事な脚線美のみを拝みながら、階段を昇った。

四階フロアに着いた。

興奮とほろ酔いで火照った体に、夜風が心地いい。

目の前に広がる夜景とともに、海風が潮の香りを運んでくる。

ここは小広間と展望デッキ、バーラウンジやバルコニーがあり、一階の大広間よりも俄然、ムード満点の雰囲気である。

（おっ、けっこう大胆だな）

バーラウンジやバルコニーに目を向けると、体を密着させて語らう男女や、指を絡めながら見つめあうカップルもいる。

互いの妻や夫が知ったら、それこそ離婚訴訟に発展しそうな光景である。

（あれ、そういやさっきの人妻はどこに行った？）

圭介が周囲のカップルや夜景に気を取られているうちに、いつの間にか見失ってしまったらしい。

「せっかく、声をかけるチャンスだったのに……」

チッと舌打ちしたところで、

「私になにか用？」

声の方向に視線を流せば、件の美女が腕を組み、ツンと高い鼻先ごしから圭介を見据えているではないか。

「あ、あの……」

再会できた嬉しさとともに、圭介がバツが悪そうに声をつまらせると、それを見透かしたかのように美女は口端をあげた。

「私のナマ脚に見惚れて、ついてきたとか？」

「え？　まさか……決してそんなことは」

「よく言われるの。オジサマホイホイの脚って」

「オジサマホイホイ？」

「要するに、エッチなオジサマを引きよせる脚ってこと。あなたは、まだ若いようだけど」

ゴキブリホイホイの男バージョンだと理解する。

が、笑う余裕はなかった。

目の前に立つ人妻は、見れば見るほど魅力的なオーラを発していた。

タメ口だって気にならないほど、完璧な黄金比とも言えるくっきりした目鼻立ち。

ピンクのドレスの胸元から覗く乳房はいかにも揉み心地の良さそうな弾力に富み、フレアミニから伸びたまっすぐな美脚は真珠の粉でもまぶしたように艶めいている。

（キレイだなあ。こんな美人の人妻でも既婚者合コンに来るんだ……）

この美女と言葉を交わせただけでも儲けものと思っていると、

「失礼ですが、おひとりで参加？」

彼女は圭介を値踏みするように、全身に視線を這わせてきた。

「い、いや……友人と一緒なんですけど、そいつは合コンの常連で、今日は別行動にしようということになって……」

つい、愛想笑いをしてしまう。同じ美女でも、先日の合コンと違うAランク級だ。

圧倒的な美しさの前では、男はこうも調子が狂ってしまうのかと、情けなくなる。

「あら、それじゃ私と一緒。私も既婚者合コン好きな連れの付き合いで来たのよ。その子、いつも旦那さまには『女子会よ』って出てくるんだけど……。で、さっき二人で呑んでる写真を撮って旦那さまのスマホに送信したから、アリバイ工作完了。お互い自由行動ってわけなの」

そこまでして、わざわざ参加する人妻もいるんだと、圭介は複雑な気持ちになる。

結婚という現実を知っているからこそ、婚活よりも切実なのかもしれない。

「その子、今頃タイプの男性を見つけていい雰囲気で呑んでるんじゃないかしら。既婚者合コンてエッチ目的も多いようだから」

「そ、そうですか……僕はまだ二回目で、あまり慣れてなくて……」

ふいに、香澄の顔が浮かんだ。

あの妖艶にあえぐ姿が、なんの脈絡もなく脳裏に思い描かれる。

「私は時々来るかしら。まあ、友人のアリバイ作りに一役買ってることもあるけれど、出会いだってゼロじゃないから」

「確かに……」

そう言葉少なに応えたあと、圭介は、

「あ、あの……よかったら、少しだけ一緒に呑みませんか?」

気づけば誘いの言葉をかけていた。

一瞬、間があったものの、美女はニッコリ笑った。

「デッキにいきましょうか」

3

「乾杯」

夜景を眺めながら、デッキに立ったふたりはグラスを合わせた。

圭介はグラスの赤ワイン、美女はミントたっぷりのモヒートである。

「美味しい。海風に吹かれながらのモヒートって最高！」

フェンスに寄りかかりながら、上機嫌でコリンズグラスを傾ける。

レインボーブリッジを通りぬけた船は、お台場の横を航行し、さらに航路を東へと進めていた。

吹きつける風で髪が乱れるせいか、緩くラウンドする細く長いデッキに人はまばらだ。

（ホント、最高だな）

圭介の心は弾みつつあった。

美女が隣にいるというだけで、こうも風景は違って見えるのか。

海風と波の音、夜景までもが先ほどとは格段に煌《きら》めいて見える。

「えっと……僕、御子柴圭介といいます。三十六歳で、飲料系商社に勤めてます」

今さらながら自己紹介をすると、彼女もハイヒールから伸びた脚をそろえ、凛と姿勢を正した。

「私は野村美玖《のむらみく》、三十歳。カルチャーセンターでウォーキング講師をしているのよ」

「ウォーキング講師、どうりでキレイだと思いましたよ。モデルか女優と思ったくらい、今日のパーティの中で一番の美女です」

さっそく徳田のアドバイスを実行してみる。

「ふふ、ありがとう。お上手ね」

「い、いえ……本当のことですから」

美玖ほどの美女なら、容姿を褒められることなど慣れているのだろう。イマイチ心に響かなかったかもしれないが、「嬉しいわ」と小声で囁いた。

チラリと横目で見ると、美玖はフェンスに細い手を添え、流れる景色を眺めている。カールしたまつ毛、高い鼻梁、ミステリアスな笑みを浮かべる麗しい表情の下に、量感ある乳房がピーチピンクのドレスから悩ましい谷間を見せている。

圭介が目のやり場に困っていると、

「本当は私、モデル志望だったの。一時期ファッション雑誌の読者モデルをやっていたけれど、身長166センチじゃイマイチ身長が足りないみたいで……」

美玖はちょっと悔しそうに、唇をすぼめた。

「で、カルチャースクールを経営している知人のツテで、女性メインにウォーキングを教えているの。あと、クリスマスや年末年始のイベントシーズンになると、男性にも『エスコート術』を」

「エスコート術?」

「ええ、パーティ会場で女性をリードしてあげたり、エレベーターや車の乗降の際にスマートに対応できるよう実践セミナーをするのよ。ここの顧客はリッチな男性が多いから、その営業も兼ねてね」

「パーティのエスコート術か……当然、男性はタキシードを着るってこと?」

「ええ、富裕層の男性ならパーティの機会も多いから、皆さん、数着はお持ちね」

そういや、自分も007に憧れてタキシードを着たいと思った時期もあったと言いかけて、ハッと気づく。

「そこまで裏事情を話すってことは、僕に営業する価値がないってこと……？」

「やだ……御子柴さんって他の男性みたいに見栄っ張りに見えないから、つい本音で話しちゃった。あ、これ褒め言葉」

美玖は無邪気に笑いながら、モヒートを流しこむ。

うまくはぐらかされていると思う一方で、なるほどと思えるふしもある。

美玖のようなわかりやすい美女には、男もつい見栄や虚勢を張ってしまうだろう。いかに自分が有能で、権力も経済力もあるかを自慢したがるに違いない。

美玖のほうもそれに合わせた「美女の対応」を強いられるはずだ。

そんな時、圭介のように見栄を張らない素朴で平凡なタイプは、逆に美玖もホッとできるのかもしれない。

「……ごめんなさい。さっき知人が経営してるカルチャースクールって言っちゃったけど、本当は主人が経営しているのよ。娘はもう八歳で……。自分の女の価値を知るという意味からも、合コンに参加しているの。夫には『個別レッスン』と嘘ついて――」

気を許したのか、美玖はホンネを少しずつ話し始めた。

「そ、そう……。で、いい出会いはあったのかな？」

「ここだけの話、既婚者合コンで知り合ってエッチしたのは二人。そのうちのひとりは、レッスン生として定期的に通ってくれているの。もっとも、アフターエッチ付きだけど、セックスの相性が良くて」

とんでもないことまで言いだした。

（な、なんなんだ……このカミングアウトは！　もしかして、間接的に口説かれているのか？　いや、それはないだろう。単なる自慢？　営業？　うーん、俺には脈アリなのか……？）

驚きの告白に、圭介は改めて美玖の体に視線を這わせる。

海を眺める横顔が相変わらず美しい。乳房の膨らみと細いウエスト、ふわりとしたミニスカから伸びた脚——とても八歳の母とは思えない。女の価値を知るなどしなくとも、十分すぎるほど魅力的なのに——。

「えっと……エッチのことはびっくりだけど……娘さんにとっては自慢の美人ママでしょうね」

あえて話題を変えると、美玖は母の顔を取り戻したように、柔和に目を細めた。

「ありがとう。娘ったら参観日に『クラスのママの中で、一番キレイにしてきてね』ってプレッシャー掛けるのよ。女の子って、二歳頃から美醜がわかるのね。キレイにしてお迎えに行くと『ママー』って駆けよってくるのに、ちょっとでも気を抜くと知らんぷり。主人は仕事人間だし——時々、自分の女としての価値ってどうなの？って本当に悩んでしまうの」

「……そんな、美玖さんは十分すぎるほど魅力的で、価値……って言ったら失礼ですが、僕から言わせると無限大にプライスレスの存在ですよ」

「ふふっ、やだ、御子柴さんたら面白い」

「価値なんて僕のほうがありませんよ。妻が出てって、男やもめ状態ですからね」

「あら……別居」

美玖は大きな瞳をさらに見開いた。

「……別居の事情は訊かないけれど、どこの家庭でもひとつやふたつ、問題はあるわよね。恋愛や結婚って難しいわ」

「まさに」

「だからね……私、結婚と恋とセックスの相手は、あえて分けることにしているの。シンプルに言えば三権分立かしら」

「三権分立？」

唐突な言葉に、一瞬、頭の回路が不通になる。

が、言われてみれば合点がいった。

妻には「家族になる将来設計」を前提に品格や常識、最低限の家事能力を持つ女を求めるが、セックスに関しては、「女」と言うだけでＯＫという男も多いだろう。道ですれ違った相手にときめき、恋することだってゼロではない。

「異性選びが三権分立とは名言だな」

「そのほうが効率的よ。優秀な男性の子孫を残して、リッチな男に育ててもらう。ときめく恋はまた別の男。ときめきって長くて四年しか続かないんですって。逆にどんなに美人の奥さんをもらっても、それが日常になったら、オスは新鮮なメスを求める。そうでしょう？」

なにやら問いつめられている気持ちになるが、

「まあ、当たらずとも遠からずだね」

「ほーら、男は新鮮な女が大好物なのよね！」

酔いが回ってきたのか、美玖はわずかに唇を尖らせた。

しかし、怒った表情も、小憎らしいほど麗しい。

「手厳しいね。美玖さんくらいの美女なら引く手あまただろう？」

圭介も負けじと応戦する。

風が強くなってきたが、体は火照っていた。

美玖とのセックスを妄想してしまったからだ。

あの長い脚を広げて、思いっきりクンニしてやったら、生意気な美玖はどんなふうにヨガるのだろう。いや、後ろから立ちバックも捨てがたい。騎乗位で巨乳を揉みながら、歪む美貌を見てみたい気もする。

そんな淫らな妄想を知るはずもなく、美玖は、

「さっきも言ったように、男の人って目新しいものにすぐ浮気するの。だから私が『旬』なうちに、見た目だけじゃない内面の充実、希少性やお得感を植えつけなきゃダメって言い聞かせてるわ」

「なるほど、やり手だなあ」

と、ふいに階下の甲板から歓声があがった。

ビンゴ大会が始まったらしい。司会者や客たちの笑い声が響いてくる。

圭介の頭に、先ほど金持ち自慢をしていた男性陣や、彼らを囲む女性たちがチラついた。

腕時計を見ると八時半だ。パーティは残すところあと一時間である。

「こんなこと言ったら失礼だけど、せっかくのパーティだ、美玖さんにふさわしい男と話してきたらどう？」

圭介が遠慮がちに言うと、

「実は目をつけた男性とは、すでに連絡先を交換しちゃったの。こういうのってスピード勝負だし、できる男ほどタイムイズマネーだから」

「じゃあ、なぜ僕と……？」

そこまで言いかけた時だった。

突如、海から突風が吹きつけた。

「きゃっ」

風は予想外に強く、美玖のスカートをものの見事に翻《ひるがえ》らせたではないか。

（うわっ）

まるで、スカートを膨らませたマリリンモンローの有名なポーズのように、美玖はめくれあがったスカートを押さえつける。

が、時すでに遅し。

圭介の目前に、サイドがひも状になった赤いハイレグパンティが晒されたのだ。

（えっ、紐パン……しかも真っ赤なレース……）

目を血走らせる圭介の前で、

「い、いやッ」

美玖は必死でスカートを押さえようとするが、コリンズグラスを片手に持っているため、思うように身動きが取れない。船が揺れるうえ、足元はピンヒールだ。

なおも吹きあげる海風に美玖は悲鳴をあげ、圭介は呆気にとられながらも、エロティックなハプニングに目を見開くばかりだ。

「グ、グラス、持ちますよ！」

かろうじて手を伸ばすが、さらに吹きつける強風がスカートを巻きあげる。

レース生地が食いこむアソコの盛りあがりまで丸見えではないか。

圭介の視線が、その一点に注がれる。

「ちょっと、なに見てるのよ！」

美玖がスカートを押さえながら、キッとまなじりをあげた。

「いや、僕はグラスを受け取ろうと……」

必死で言い訳をするが、男の悲しい性《さが》か、美玖の指摘どおり、視線はパンティから離れない。美玖が圭介に背を向けると、今度はめくれたスカートが裏返り、レースのパンティに包まれた形のいいヒップが、大胆に露出した。

パンチラどころかパンモロだ。尻のワレメまで丸見えだった。

「見ないで！」

「み、見てませんッ、いや……正確にはグラスを受け取ろうと手を伸ばして……

えっと……美玖さんの紐パンは……いや、スカートの中は……」

「なんなのよ、紐パンって……見てるじゃないの。エッチ！」

4

「もう、ひどい目に遭ったわ」

「と、とりあえず……強風から逃れたんだから、よかったじゃないですか」

「あーん、髪がぐしゃぐしゃ」

美玖はコリンズグラスを小さな丸テーブルに置くと、壁面鏡に映る自分を見て、手櫛で髪の乱れを直し始めた。

──二人が避難したのは、スタッフ用の小部屋だった。

美玖とともに強風を避けながらドア伝いに進むと、圭介は船の内外を分ける気密性の高いドアを見つけ、重いドアを必死で開けた。

美玖とともに中に入ると、「そう言えば、以前パーティで船内を探検したの。スタッフルームがあったはずよ」と美玖自ら圭介の手を引いてきたのだ。

室内は簡素だが、シングルベッドに丸テーブルと一人掛けのチェア、作りつけのクローゼットがある。

(こんな場所に連れられてきたけど、俺、どうすりゃいいんだ?)

チラリと美玖を見ると、相変わらず鏡を見ながら、ムスッとした表情で髪を直している。デッキでは気づかなかった船の横揺れも感じる。

気の強い美玖のことだ、下手に話しかけると火に油を注ぐことになりかねない。

(まあ、ショックでむくれるのも無理はないよな)

いくら不可抗力とはいえ、初めて出会った男に、あそこまでパンモロ姿を見られれば、気位の高い美玖なら不機嫌にもなるだろう。

圭介も一度は僥倖《ぎょうこう》と思えたものの、この重苦しい雰囲気に気づまりがする。

「風がやんだら、僕、下に降りますから。美玖さんはゆっくりと……」

「あ、東京タワー」

美玖が弾んだ声をあげた。

彼女の視線の先を見ると、小さな丸窓から赤い光を放つ東京タワーが美しく輝いている。

「ほんとだ、キレイだ」

圭介もあえて明るい声で返答する。

二人は自然と窓辺に寄り添い、船外の光景を眺めていた。

ぐっと接近した美玖から先ほどは気づかなかった甘い匂いが香ってくる。

(これってチャンスか……?)

重苦しい気分から一転、急に心臓が高鳴った。

小窓から東京タワーを眺める美玖の顔は、ほんの数センチの距離にあるのだ。

ピクッと股間が疼いた。しだいに熱い漲りがズボンを突きあげてくる。

(いや、ダメだ。高飛車な美玖のことだ。このタイミングで口説いたら、長い脚でケリのひとつでも飛んでくるかもしれない。しかも、三権分立って小難しいことを言ってたし)

こんな時、徳田だったらなんのためらいもなく彼女の肩を抱き、ベッドに押し倒すんだろう。

圭介は充血しつつある勃起を鎮めようと、丹田に力をこめる。

しかし、先ほど見た美玖のセクシーな紐パンが食いこむヒップがどうしても思いだされる。

視線の先に赤く灯る東京タワーと美玖の赤いパンティが、重なってしまったのだ。

(我ながらバカだよなあ……)

そう思いながらも、ゴクリと生唾を呑んだ次の瞬間、

「弱虫」

美玖の乾いた声が響いた。

「えっ?」

「弱虫って言ってるの」

「な、なんだよ……いきなり」

「目の前にはキレイな夜景、ベッドのある個室で二人きり、隣にはパンティまで見せた女――なのに、あなたはちっとも私に来てくれない。私、そんなに魅力ない?」

美玖はキッとにらんできた。

「と、とんでもない……逆だよ。魅力がありすぎて、抱きたい気持ちを必死にこ

らえて……」

「じゃあ、抱いて」

きっぱりと言う美玖に、圭介はしばし呆けたように立ちすくんだ。

「だ、だって……君、三権分立とか言ってたじゃないか」

「そのとおりよ。だって、私、御子柴さんにときめいたんだもの。この人に抱かれたいって思ったの」

「えっ……？」

信じられない気持ちで、美玖を見ると、

「パーティ会場でぶつかった時、感じたの。この人は、他の参加者とちょっと違うって」

「それは単に俺がダメ男だから──」

「それでいいの。少なくとも、虚勢を張って自慢話のオンパレードで自分を大きく見せようとする人よりも、私は等身大でいる御子柴さんが好き」

ふいに美玖は手を伸ばし、圭介の股間を握りしめてきた。

「うっ、な、なんだよ」

「この私が本音で話したのに、なに誠実ぶってるのよ」

八割がた勃起したペニスをムギュムギュとしごかれる。

「おおっ」

「ほら、だんだん硬くなってきた」

しゃがみこんだ美玖は、圭介の正面にひざまずき、素早くベルトを外して、トランクスごとズボンをさげてきた。

「ああっ」

ぶるん——若竹のようにしなる野太い勃起が跳ねあがる。

「体は正直ね。御子柴さんも少しは見習ったら」

ひんやりとした指が肉棒に絡みつき、ゆっくりとしごき始めた。

ズリュッ、ニチャッ……。

「くっ」

思わず腰を引くと、

「動かないで。ほうら、もうヌルヌルした液まで吹きだしてる」

啞然とする圭介を見上げた美玖は、乳房の谷間を見せつけるように、噴きだしたカウパー液を指ですくい、ニチャニチャと上下する。

「ああ……おおっ」

あまりの気持ちよさに腰が震え、太腿の筋肉が波打った。熱を帯びた屹立は、フル勃起状態だ。

美玖はくすりと笑ったが、すぐに眉根を寄せた挑発的な表情になって、ペニスに唇を近づける。

「咥えてほしい？」

大きな瞳が、いちだんと妖艶に輝いた。

「えっ……まあ、その」

「ちゃんと答えなきゃ、してあげない」

熱い吐息が亀頭に触れる。スリスリとしごく手に、いっそう強い力がこめられた。

「く、咥えて……ほしい」

その言葉に、美玖は微笑を深める。

仁王立ちになった圭介の位置からも見えるように唇を広げ、パクリと亀頭を咥えたのだ。

「あっあ……」

チロチロと亀頭がねぶられ、鈴口のカウパー液がチュッと啜られた。ねっとりした唇と舌の感触がカリ首まで包みこんでくる。

圭介は体を硬直させたまま、しばらく動けずにいた。

「んんっ……ぅんんっ」

美玖は昂揚したあえぎとともに、ゆっくりとスライドを開始した。

根元をしっかり握り、ネロリ、ネロリと口腔で舌を蠢かせては、しゃぶり立ててくる。口腔粘膜と舌の密着を微妙に変え、絡みつくような練達なフェラチオである。

「ああ……硬い」

口紅がとれるのもいとわずに、喉奥深くまでイチモツを咥えては、ズリュッ……と激しい唾音を立ててしゃぶりあげる。大口を開けてペニスを頬張ったせいで、整った美貌が間延びして歪み、いっそう卑猥な顔をさらしていた。

(おお、香澄さんとまた違う、美女のフェラ顔……)

圭介は瞬きさえも惜しむほど、その艶めかしい表情にくぎ付けとなる。

「すごい……ますます硬くなってきた」

亀頭に唇を密着させたまま、美玖はうっとりと囁く。

化粧がとれることなどお構いなしに、肉棒に頬ずりまでしてくるではないか。

「ァ……いいわ、私、ペニスの感触って大好きなの。以前、AV女優がペニスでフェイスマッサージをしている画像を見て、すごく感じちゃった。メイク道具はいつもポーチに入れているから平気よ」

言いながら、頬からあご、耳下腺までペニスをすべらせ、再び男根を咥えこんでくる。

(なんてエッチなんだ)

美玖が頭を打ち振るたび、ドレスからこぼれそうな乳房が見え隠れしている。

圭介は迷うことなく右手を伸ばして、ドレスの胸元へと潜りこませた。

「あんっ」

柔らかな乳肌を揉みしだくと、すぐに尖った乳首が指先に触れた。

どうやらブラカップ付きのドレスらしい。これ幸いと捏ねまわせば、弾力に富む柔らかな感触が手指を沈みこませる。

(うう、たまらない……この柔らかさと、硬くしこった乳首。Fカップは間違いないな)

くびり出た乳頭を、親指と中指で摘まみあげると、

「ンフッ……ンフンンッ」

美玖はペニスを深々と頬張ったまま、甘く鼻を鳴らした。

乳首を責めるたび、美玖は激しく肉棒を吸い立てる。根元まで咥えこんだまま、喉奥の粘膜で亀頭をキュウキュウと締めあげては、再びズリュッと肉竿をしゃぶりまくった。

香澄とも英里とも違う女の舌づかいに、背筋にはいくども愉悦の電流が走った。

香澄もそうだったが、他の女には負けたくないというプライドめいたものが感じられる。

ジュブッ、ジュブブブッ——!!

「あぁっ……ダ、ダメだ」

丸窓から見える夜景と美玖を交互に見ながら、圭介はたまらず身をよじった。

美玖の手を引いて立ちあがらせると、そのままベッドへと押し倒した。

「み、美玖さん……次は、俺が……」

天を衝くほど反り返る勃起を握りながらいうと、

「じゃあ、一緒に……」

「えっ」

「服を脱いで」

ピチャッ……グチュッ……

「ああっ……そこ……」

「おおっ、くうっ」

五分後、全裸になった二人は、美玖が上になる体勢で互いの性器を舐め合っていた。

（す、すごいな……俺、美玖さんとシックスナインを……まだキスすらしてないのに）

赤い紐パンをゆっくり脱がしたい思いもあったが、もうここまで来てしまえば、後戻りなどできるはずもない。

船の横揺れを感じながら、たった二時間前に出会った美女のアソコを舐めていることが、にわかに信じられなかった。

美玖のヒップは、さすがウォーキング講師をしているだけあって、キュッと引きしまり、すべすべの尻肉のあわいに息づく女陰は、子供を産んだと思えないほど初々しい薄桃色にぬらついている。

思いのほか濃い陰毛も、エロティックだった。

「美玖さんのアソコ、キレイでいやらしい匂いがプンプンですよ」

圭介はふっくらした肉ビラを左右に広げ、ヒクつく媚粘膜をズブリと舌で貫いた。

「アアンッ……」

美玖の尻が跳ねる。

甘酸っぱい匂いを放つ愛液を掬うようにチロチロと舌を前後に動かし、あふれる蜜を呑みくだす。花びらもろとも口に含んでよじり合わせると、

「あうんっ……すごい、いいわ」

美玖は肉幹をしかと握りしめ、カリ首を口に含んだ。

唇と舌をまとわりつかせながら、一気にジュブジュブッと首を打ち振ってくる。

「むううっ」

圭介は一瞬、舌の動きを止めざるを得なかった。

先ほどのフェラチオですっかり敏感になったペニスは、わずかの刺激でも反応し、ともすれば暴発してしまいそうになる。

（マズい……気持ちよすぎる）

このままでは撃沈だと思った矢先、圭介はヴァギナから会陰を舐めあげ、セピ

ア色のアヌスのすぼまりへと矛先を変えた。

「あんっ」

予想どおり、美玖はペニスを吐きだし、尻を逃がした。

「恥ずかしいわ……お尻なんて」

「美玖さんはどこもキレイで、可愛いですよ」

圭介は尻を引きよせ、小菊のようなすぼまりのシワを舐め伸ばす。美玖のような美女にも排泄器官があるのだ。もちろん傷もなく、異臭も感じない神聖な場所だ。いま、それを自分がねぶり回しているのだと思うと興奮度も増してくる。

「あっ……お尻……いいわ、初めてよ」

美玖が恍惚の声をあげながら、再びペニスを咥えこんだ。

アヌスを刺激されるせいで、先ほどのような激しいフェラチオではないが、それがかえって圭介にとって好都合だ。熟練した口唇奉仕をされてしまうと、うっかり暴発してしまう。

アヌスを舐めながら、圭介は右手をヴァギナへと移動させる。

中指でたっぷりすくいとった蜜汁を硬く尖るクリトリスに塗りつけると、

「はあぁぁあっ」

美玖はのけ反り、尻を小刻みに震わせ、「いや、いや」と叫び続ける。

しかしその仕草は、まだまだ足りぬ刺激をねだっているようにも思えてしまう。

拒絶とも興奮とも判別できぬ反応の行き場は、またしても圭介のペニスに向けられた。彼女は悲鳴をあげつつも、口いっぱいに勃起を頬張り、再び舌を絡めてきたのだ。

唾液の音をジュルジュルと響かせ、汗粒の光る尻を震わせながら、ねっとりと男根を吸ってくる。

「むううっ、むむっ」

圭介も負けじとアヌスを舐め、クリトリスを転がした。

互いの快楽が共鳴する感じが、とろけそうなほど心地いい。

(もうすぐ、もうすぐだ……ッ)

結合に向けて、圭介のボルテージはあがっていく。

美玖も同じだろう。呼吸はいっそう弾み、必死に尻を振りまくる。噴きだす愛蜜は失禁したかのように圭介の手指を濡らし、甘酸っぱいメスの匂いをさらに濃厚に立ち昇らせる。

「ああっ……もう、ダメッ」

執拗にクリを転がされ、アヌスを舌で穿たれた美玖が観念したように叫んだ。

圭介もこれ以上待てないほど、ペニスはギンギンに反り返っていた。

「美玖さん、窓辺に行こう」

「えっ、窓辺に？」

ハアハアと頬を上気させながらも、美玖はどのようなフィニッシュを迎えるか察したようだ。

素早くハイヒールに足をすべりこませると、美玖は丸窓に手を突いて、尻を突きだした。

圭介が彼女の背後に回る。

夜景をバックに、形のいい尻から続く引き締まった太腿、スラリと長い脚が肩幅に開かれ、美しい二等辺三角形を描いていた。

「いくよ」

圭介は勃起しきった男根を握りしめ、濡れたワレメにあてがった。

「ンンッ」

美玖が男に貫かれる寸前の陶酔しきった声をあげる。

圭介は一気に腰を送りこんだ。

ズブズブッ、ズブズブ――!!

「はぁあああっ！」

根元まで貫くと、美玖は声を裏返らせて嬌声を放った。

細いウエストを両手で摑み、肉をなじませるように、最奥まで亀頭を届かせる。

「アッ、アアッ」

甲高い悲鳴とともに、女襞が四方八方からペニスを締めつける。男根表面に吸いつくヒダがうねり、溶け、奥まで引きずりこまれそうになる。

圭介は、すかさず腰を前後した。

先ほどの強風に対抗するように、激しく猛りたつ怒張で、グチュッ、ズブッと蜜壺を穿ちまくる。一打ごとに美玖の肉層が、圭介の形どおりに押し広げられていく。女の粘膜を侵略するたび、オスの本能が目覚め、さらなる未開の場所へと肉棒を叩きこんだ。

「ああっ、御子柴さんッ、すごいッ!!」

衝撃のたび、美玖は汗を飛び散らせ、髪を大きくうねらせた。窓からは滲むような夜景が瞬いている。林立したビルの赤い灯を明滅させ、心なしか船の揺れも大きくなってきた。

今はどこを航行しているかなど、どうでもよかった。

「まだまだですよ」

腰を抱いていた圭介の手は、弾む乳房をわし掴む。

「あううっ」

フェラの際に揉みほぐした時よりも、数倍ボリュームがあった。

ピストンの速度をあげながら、ムギュムギュと豊乳を捏ねまわし、乳首を摘まみあげると、

「あっ、ああっ、はああっ！」

もっともっとと言わんばかりの反応を見せる。

表情は見えずとも、歓喜に歪む顔がそこにあるはずだった。

全身を艶めかしい朱赤に染めて、美玖は形のいい尻を卑猥にくねらせた。

ペニスがぶちこまれるたび、自慢の美脚は今にも崩れそうに震え、ハイヒールで必死に踏んばっているのがわかる。

パンッ、パンッ、パンッと肉がぶつかるほどに、粘膜が吸いつき、とろけ、発情の匂いを孕んだ愛蜜が噴きこぼれた。摘まんだ乳首が、さらに硬い尖りを見せている。

「ねえ、キスして……」

男根を叩きこまれる衝撃に身を波打たせながら、美玖が呟いた。

「えっ」

「いいでしょう? 私、バックからハメられて、キスするのが好きなの」

美玖は細く、なよやかな首を右側に向け、接吻をねだってきた。

目の周りが赤く上気し、瞳も潤んでいる。ぞっとするほどエロティックな表情だ。

圭介は彼女のあごに手を添え、唾液で濡れた唇に唇を押しつけた。

「ンンッ……ハアンンッ」

互いの吐息がぶつかり合う。

腰を振るのは不自由になったが、美玖はうっとりと舌を絡ませてきた。美玖自身、深くつながりたいとばかりに、腰の角度を微妙に変えながら尻を振り立ててくる。

「ァ……すごく感じる……ああっ、このまま……ねえ、お願いッ」

その声に、圭介の「オス」がますます覚醒していった。

あえぐ唇を舐め、キスを与え、同時に腰を突きあげる。

ウォーキング講師をしているだけあって、彼女の体が思いのほか柔軟性に富んでいたことも幸いした。

ズジュッ、ズジュッ、ズジュジュッ――！

「はあッ……いいッ」

先ほどとは違う甲高いあえぎに、圭介は腰を送りこみ、接吻を続けた。

突くほどにハメ心地は格段に良くなり、蜜壷の最奥までヌルヌル状態だ。

片手では腰を引きよせ、もう一方では柔らかに熟れた乳房を揉む。圭介は船の横揺れに抗いつつ、情熱的な連打を送り続けた。

パンッ、パンッ、パパパンッ！

「ンンッ……もう、ダメ……はあっあああっ！」

根元までペニスを受けいれた田楽刺しとともに乳首をひねりあげられ、美玖はキスを解くことなく大声で叫ぶ。

「お、俺も……そろそろ……はああっ」

圭介は最後の力を振り絞り、とどめとばかりに苛烈なピストンを叩きこんだ。張りだしたカリ首で逆撫でし、再びズブリと刺し貫く。

女体を壊さんばかりの猛打を一気呵成に浴びせまくる。

「ああっ、イク……イクぅ……ぁあああッ!!」

「おううっ」

歓喜にむせぶ美玖と接吻したまま、圭介は海上を航行する船内で、濃厚なザーメンをしぶかせた。

第三章　妻と男のホテル

1

翌土曜日、夜――

（ああ、昨夜の今ごろは美玖さんと船の中で……）

クルーズパーティでの情交を反芻しながら、圭介はいくども自慰に耽った。

圧倒的な美貌に加え、気位の高いあの美女を身悶えさせ、同時に果てた充足感は、圭介の男としての自信を高めていた。

思いがけないフェラチオからシックスナイン、夜景を眺めながらバックで貫き、最後は情熱的なキスとともに達したあのめくるめく瞬間。

（やっぱり既婚者合コンって、エッチ目的が多いのかな）

香澄に次いで、美玖とも男女の仲になれた嬉しさと同時に、空恐ろしくなる。

とんとん拍子に物事が進んでいる時こそ、逆に慎重にならねばいけないのだ。

良いことがあった次は必ず面倒なことが起きる現実を、圭介は翌週、身をもって知ることとなる。

会社から帰宅すると、封書が届いていた。

封を開けて書類を確認すると、妻の代理人という弁護士からの正式な離婚の申し出である。

（ついに、来たか……）

圭介は肩を落とし、大きなため息とともにうなだれた。

そう言えばここ最近は合コンにかまけて、英里の情報をまったく見ていなかった。

圭介は重い足取りでデスク向かった。

パソコンで「御子柴英里」を検索してみると、

（えっ）

なんと、大手芸能プロダクションに所属しているではないか。

食のエキスパートとしての「文化人枠」である。

（いつの間に……）

すでに三冊目の料理本も刊行され、テレビやラジオの出演、雑誌のインタビューやコラムの連載も掲載されるようになっていた。

環境が変わると、人間は変わる。上昇志向の強い英里は、常にステージアップを目指すタイプだ。

知名度があがった今、レベルの見合わぬ夫の存在は邪魔だと感じたに違いない。もしくは、事務所の人間に入れ知恵されたのだろうか。

（しかし、本当に離婚依頼が来るとはな……）

ショックを隠せぬまま数日がすぎた。

代々木のオフィスで仕事中、圭介のスマホが鳴った。

見知らぬ番号が液晶画面に表示されている。

（……もしかして、英里の弁護士か？）

慌てて通話ボタンを押すと、

「お元気？」

貫禄ある女性の声が返ってきた。

「あ、あの……どちらさまでしょうか？」

「やだ、忘れちゃった？　営業の徳田さんは、一度聞いた声は決して忘れないって言ってたけど、御子柴さんはＷＥＢ担当ですものね……」

通話口から響く笑い声に、

「も、もしかして……」

「『Ｊドリーム』の木村栄子よ。その節はありがとうございました」

初めて行った既婚者合コンの女社長、栄子である。

圭介はスマホを握り直して、人気《ひとけ》の少ない廊下へと出た。

（もしかして、香澄さんとのことがバレたんじゃ……）

むろん、社長の栄子にバレても問題はないと思うが、圭介の性格上、あまり表沙汰にしたくない。

一瞬、ヒヤリとしたが、通話口から聞こえてきたのは、おもねるような声だ。

「突然、電話してごめんなさいね。週末のパーティなんだけど、実は男性が足りないの。徳田さんは家族サービスで参加できないというし、もし、御子柴さんのご都合が良ければ……会場は先日と同じ銀座のフレンチレストランよ」

純粋な営業電話である。

香澄に関しての杞憂は思いすごしだった。

ホッとしながらも、しばし考える。

(香澄さんは来るのかな……)

彼女とは時々LINEで連絡をとる仲になっていた。

と言っても、内容は互いの近況報告など他愛のないことだ。香澄自身、控えめな性格だからなのか「逢いたい」とも口にしない。

「あ、あの……」

「なあに?」

京野香澄さんは出席しますか? と喉まで出かかって、

「行きます」

気づけばそう答えていた。

英里との離婚問題から一時《いっとき》でも気を逸らしたい。女でむしゃくしゃした時は、女で解消だと、半ばヤケになっていた。

「ありがとう。恩に着るわ」

栄子はご機嫌な声で、通話を切った。

2

パーティ当日——

「御子柴さん、今日は本当にありがとうございます」

会場に足を踏み入れるなり、グレーのスーツに身を包んだ木村栄子が、真っ先に駆けよってきた。

「いいえ、お誘いありがとうございます」

圭介が笑顔を返すと、栄子は圭介の耳元に口をよせ、

「何とか男女二十名集まったわ。今日も可愛い奥さまたちがそろっているわよ」

長テーブルに並んで座る女性陣をチラリと一瞥し、意味ありげに微笑んだ。

圭介もその視線を追うように、人妻たちへと引きつけられる。

品のいい癒し系、クールビューティ系、華やかセレブ系、日焼けした肌が健康的な爽やか系と、様々なタイプが参加している。

圭介は努めて平静を装いつつも、女性たち一人ひとりをゆっくり吟味した。

(香澄さんは来ていないようだな)

残念な気持ちが半分、しかしホッとしたのも事実である。

仮に香澄が参加していたら、良くも悪くも気になってしまい、パーティを存分に楽しむことはできないだろう。

一線を越えた女性がいても、初めて会う新鮮な人妻に囲まれると心が弾んでしまう。それは否定できない。

圭介は新たな出会いに期待しつつ、ビュッフェ料理を皿に盛り、グラスワインを持って、空席に腰をおろした。

男性陣は、相変わらずスーツが決まっているモテ男系と、身なりにあまり気を遣わないズボラ系に分かれている。

圭介はクルージングパーティの学びもあって、ダンディさを心がけた。

クルージング時に着ていたネイビーカラーのスーツに、情熱的な赤のネクタイ、徳田を見習って、左ポケットには同色のチーフと洒落こんだ。

清潔感を強調しようと髪もスッキリとカットし、夕方には化粧室で、再度、電動シェーバーでひげを整えた。

指毛の処理も完璧だ。女性はかなりの確率で、男性の手を見ているという。なぜなら、最初に触れあう部分の多くが「手」であるからだ。

長く伸びた爪はもちろん、指毛を嫌悪する女性も多いらしい。

（よし、今日も楽しむぞ）

圭介は姿勢を正し、己を鼓舞した。

「では、皆さんおそろいですね」

主催者の栄子が前に立ち、挨拶が始まった。

例によって「既婚者であってもセカンドパートナーを持つ大切さ」を述べている。

ひととおりの挨拶を終えると、

「では、恒例の十分間のトークタイムです。十分おきにチャイムを鳴らしますので、男性のみお料理とドリンクを持って、一席横にずれてください」

華やかな音楽が室内に響きわたった。

「初めまして。御子柴圭介と言います。飲料系商社に勤めています」

三回目ともなると、以前ほどの緊張感はない。圭介が笑顔を見せると、正面に座るメガネの女性がレンズごしのつぶらな瞳を見開いた。

「よろしくお願いします。高島愛花《たかしまあいか》、中学の教師をしています。既婚者合コンが二度目の初心者ですので、色々教えてください」

「えっ、先生なんですか？」

教師も合コンに来るんだという驚きと、こんな所に来て大丈夫なのかという心配が芽生えてくる。

「はい、音楽が専門で……」

愛花の細い指がボブヘアを掻きあげる。

（音楽教師なんて、エロティックだな……）

圭介は、早くも疼き始めた下腹を気にしながら彼女を見つめる。

仕事柄だろうか、水色のブラウスに紺のスカートと控えめな装いだが、細面《ほそおもて》の顔立ちは知的な和風美人と形容してもいい。乳房を突きあげるネームプレートには「高島愛花・31歳」と記されている。

「音楽教師とは素敵ですね。ピアノなども？」

「はい、ピアノの他にもギターやフルートも、一応」

「それはすごいな、僕はからきし音楽はダメで……あの、都内の学校でしょうか？」

質問を続けながら、愛花がピアノやフルートを奏でる姿を想像する。

よく見ると、口もとにあるホクロがセクシーだ。

「……実は、山梨の中学なんです」

「なんと、山梨から」

「はい……ちょうど教育セミナーが有楽町のホールで開催されたんです。その帰りなので、こんな地味な格好で……」

愛花は華やかに着飾った女性たちを見わたした。

むろん、地方からわざわざ既婚者合コンに参加する後ろめたさや気恥ずかしさもあるようだ。

でも、圭介はあえてそこには触れず、

「山梨といえば、弊社の支社があるんです。時々出張するんですが、以前行った『ほったらかし温泉』、最高でしたよ。露天風呂に浸かりながら真正面には見事な日の出、右側には富士山が迫って、壮観だったなあ」

言いながら、目を細めた。

事実、甲府盆地を見おろす露天風呂からの眺めは最高で、夜が白々と明けていく光景は圧巻だった。

圭介の言葉に、愛花はメガネごしの瞳を輝かせた。

「地元の温泉に来てくださったとは嬉しいです。私の勤める学校は、まさにあの温泉からも見おろせる場所にあるんですよ。ただ、地元ではさすがに既婚者合コンはマズいですから、今日はセミナー受講を理由に参加しました。東京なら生徒の親に会う心配もありませんから」

「なるほど、お仕事柄、いろいろ不便がありますね」

そう同情めいた言葉を口にしながらも、愛花の夫はどんな人か、旦那とうまくいっていないのだろうか——などと参加の理由を探ってしまう。

（メガネを外したら雰囲気が変わるんだろうな。口もとのホクロはスキモノの証拠だと聞いたし、旦那とはどんなセックスしてるんだろう）

圭介がごくりと生唾を呑んだところで、チャイムが鳴った。

「えっ、もう十分か」

連絡先を訊こうとポケットからスマホを取りだした直後、横からずれてきた男性客が、嬉々として愛花に声をかけてきた。

「愛花さん、お久しぶりです！」

その声に、圭介は慌ててスマホを引っこめた。

愛花も圭介のことは忘れたように、相手の男性を見つめ、瞳を潤ませた。

「長谷部《はせべ》さん、先日はありがとうございました。先ほどからずっとお話ししたかったんですよ！　お会いできて嬉しい」

はた目にも愛花のテンションが格段にあがったのがわかった。

頬を赤らめ、声をうわずらせる彼女に、圭介の存在はもはやないも同然だ。

（なんだよ、すでにお目当てがいたのか）

心の中で舌打ちして、ひと席ずれた。

出鼻をくじかれたと思った矢先、

「こんばんは。山崎小夜子《やまざきさよこ》です。下町育ちのヨガインストラクターです」

相対した女性がニッコリと微笑んだ。

ショートボブが爽やかな人妻だ。朝のニュース番組に出てきそうな清涼感あふれる爽やかな美人である。

（おお、キュートだな。声もキレイで笑顔も可愛い）

「は、初めまして。御子柴圭介です。飲料系商社に勤めています」

ドギマギしながら挨拶し、小夜子をじっと見つめた。

涙袋がふっくらした瞳が愛らしい。スリムなボディにフィットした白いノースリーブのブラウスにベージュのタイトミニというファッションだが、ショートカットの爽やかな顔立ちのせいか、セクシーというよりは「ヘルシー美人」と言った印象だ。

年齢は三十五歳と書いてある。

(どうみても、二十代後半にしか見えないよ)

あらかじめ渡されていたプリントの趣味や特技の欄には「特技・もんじゃ焼きづくり」と書いてある。

圭介が話題を探していると、小夜子は人懐こい笑みを浮かべて話しかけてきた。

「御子柴さん、もんじゃ焼きって好きですか？ 私の実家が月島のもんじゃ焼き屋なので、男性にはまずそこを訊いちゃうんです」

唐突な質問に、圭介は思わずうなずいた。

「も、もちろんです。お酒にも合うし、手軽に作れるから、家でもホットプレートで時々……」

つい、彼女に合わせて、出まかせを言ってしまう。

すると、小夜子はさらに白い歯をこぼして破顔した。

「わあ、嬉しい！　具は何が好きですか？」

「うーん、やっぱりシーフードかな、チーズや明太子も捨てがたい」

「私も海鮮もんじゃが大好き。お餅を入れても美味しいんですが、ついつい食べすぎちゃって、普段から気をつけているんです。ヨガウエアって体のラインが丸わかりですから」

そういって、小夜子は両手でウエストあたりを撫でまわす。

そのせいで衣服がボディに張りつき、豊かな胸が強調された。

(うわ、スリムなのにけっこう巨乳だな、ウエストも細い)

慌ててワインを呑もうと、テーブルのグラスに手を伸ばすと、

ガタン――!!

焦るあまり距離感を見誤った指先が、赤ワインのグラスにぶつかった。

「あっ」と思った時には、小夜子の洋服にこぼれ、ブラウスとスカート一面が真っ赤に染まっていた。

「す、すみません!」

圭介は慌てて立ちあがり、身近にあったおしぼりを手わたす。

「大丈夫ですよ。気にしないでください」

小夜子は笑顔で返すが、心配したウエイトレスたちも炭酸水やおしぼりでシミヌキをしている。

（ああ、しょっぱなからなにやってるんだよ、俺は）

圭介はおろおろするばかりだ。

なにもできず、シミヌキをされている小夜子をただただ見ているだけである。

他の参加者もトークを中断し、その光景を見入っている。

応急処置はしたものの、シミヌキには迅速な処置が重要というわけで、レストラン側は「即効でシミヌキ対応してくれるクリーニング店が近くにあること」

「一時間ほどで処置を終えて、洋服を返すこと」を提案してくれた。

「一時間だったら、お願いしようかしら。ちょうど予備の服を持っているのよ」

小夜子はホッとしたように承諾した。

「本当に申し訳ないです。クリーニング代はお支払いしますので」

圭介は平身低頭だ。

「いえいえ、気にしないで。その変わり、一緒にもんじゃデートしましょうよ！」

無邪気な笑顔で返された言葉は、思いもよらないものだった。

「えっ」

もんじゃ……デート！

(今、デートって言ったよな)

圭介の頭の中にデートと言う単語がリフレインする。

「じゃあ、着替えてきますね。また、のちほど」

小夜子は女性スタッフとともに化粧室へと向かった。

3

(うわっ!)

着替えを終えた小夜子を見て、圭介は呑んでいたシャンパンを噴きだしそうになった。

「仕事柄、いつも持ち歩いているんです。ヨガウエア」

なんと、小夜子はヨガウエア姿で登場したのだ。

圭介はもちろん、男性陣の目が釘付けになったのは言うまでもない。

赤いランニングはバストを覆うビキニタイプで、細いウエストと可愛いへそが露出している。下半身は太腿までの黒いスパッツだ。

プリンとあがった尻とまっすぐ伸びたナマ脚は、ハイヒールを履いているせいで、スラリとした美脚を際立たせている。

あまりのスタイルの良さに皆が呆気に取られているが、当の小夜子は、

「普段、こんな感じでレッスンしてるんですよ」

あっけらかんとビールグラスを傾けた。

すでにフリータイムとなっていたので、圭介はお詫びがてらペアシートに並び、小夜子と二人きりで話す流れになった。

心ではラッキーと何度も叫んでしまう。

(すごいプリケツ、オッパイはEカップぐらいかな)

股間が熱くなるのを感じながら、つい、胸の谷間に見入ってしまう。

長い首にしなやかな鎖骨、きめ細かな肌。ヨガ講師ならではの健康的なセクシーボディが目の前にあるのだ。

(見るほどにスタイル抜群だなあ。洋服なんかよりもこっちのほうが断然いいよ)

周囲の男たちも、チラチラとこちらを見ている。

圭介は優越感に浸りながら、小夜子を独占とばかりに、体を接近させた。

「小夜子さん、お酒お強いですね」

「ええ、こんなに呑んだのは久しぶり。お酒ってついつい進んじゃますね。あ、ビールおかわりー」

小夜子は始終ご機嫌だ。

ヨガ講師としてスタイル維持のため、普段は摂生しているのかもしれない。

「あ、あの……やはりダイエットとか気遣っているんですか？」

「はい、体重や体脂肪は毎日測っています。だって自分が商品ですから、『あんなスタイルになりたい』って思ってもらわなきゃいけませんものね。私が所属しているヨガスタジオはネット予約制なんです。人気のある講師ほどすぐに満席になって、キャンセル待ち。ギャラも歩合制なので、丁寧でわかりやすいレッスンはもちろん、やはりパッと見の印象も気をつけていますよ」

小夜子はビールを受けとり、美味しそうに啜る。

「さすがプロですね」

「とんでもない。油断していると、すぐに子豚ちゃん」

「いやいや、子豚ちゃんには、どうやってもならないですよ」

「そういえば以前、六歳の息子が『ママ、太った？　顔がアンパンマンになっちゃうよ』って言ってきて……子供って正直ですよね。ズバリ指摘してくるから怖いわ」

「と……とても六歳の息子さんがいるように見えません。いやあ、こんなキレイなママがいて、ご主人も息子さんも幸せですね」

「いえいえ、息子はやんちゃ盛りでもう大変。主人はエステ商材を扱う会社員なんですが、残業が多くて本当にすれ違い夫婦で……。実家のもんじゃ店は兄夫婦が継いでくれて時々手伝いに行くんですが、いつもラブラブで羨ましい」

ふっと気が緩んだのか、小夜子はため息とともに、呑んでいたビールグラスをテーブルに置いた。

「ママ業に妻業《つま》、そこそこ人気のヨガ講師……世間一般には幸せに思われているかもしれないけど、やっぱり三十五歳にもなると、女の賞味期限みたいなものを感じてしまいますね」

目の前のグラスを見つめながら、小夜子がぽつりと言う。

「女の賞味期限……？」

「ええ、ちょっと自慢になっちゃうけど、二十代の頃は道を歩くたび、十人中十人の男の人が私を振り返ってくれたんです。それが、二十九歳で息子を産んでベビーカーを押していると、チラリとも見てくれない。女として見られなくなったことに、言いようのない寂しさを感じるんです」

「そんな……」

圭介は既婚者合コンで知り合った香澄や美玖の言葉も思いだしていた。

「それに比べて男性っていいですよね。年を取るたび、渋さや年輪が強みになっていくんですから。でも女は違う。いつだって若さや美しさに価値を求められるわ」

「で、でも……年を重ねるごとに、女性も様々な経験や知性や教養が身につくじゃないですか。僕は酸《す》いも甘いも嚙み分けた大人の女性が好きですよ」

「御子柴さん、優しいですね……それでも若さには敵わない。無知でも無教養でも、ピチピチの肌を持つ若い女性には敵わないわ」

小夜子は唇を嚙みしめた。

「もしかして、なにかあったんですか？」

「実は……」

小夜子は、夫がよく行く居酒屋の若いアルバイトの女性店員と手をつないで、その子のマンションに入っていくところを偶然見かけたと打ち明けた。

「えっ」

「で、夫を追及しようかと思ったけれど、いまだ言えずじまい。真実を訊くのが怖いのよね。でも、男女が一緒の空間にいるのよ。なにも起こらないはずないじゃない？」

「……い、いえ……それはなんとも」

圭介が言葉を濁すと、小夜子は濡れた唇をグラスによせながら、消え入りそうな声で囁いた。

「夫を問い詰めたい気持ちもあるけれど、私と息子を大事にしているからこそ、ちょっとした火遊びなのかなって思う自分もいて……」

自分に言い聞かせるように、小夜子は続けた。

「……結局、恋愛に正解なんてないのよね」

「そ……そうですね。最後に幸せだと思える恋愛が、たぶん正解なんでしょうね」

「ええ……で、そのことをヨガ講師仲間に相談すると『ダンナの浮気には浮気で解消よ』とか『私だったら、待ち伏せしてマンションに乗りこんじゃう』とかいろいろ言われて……友人に既婚者合コンを教えてもらったの」

結果、小夜子は時々合コンに参加しているようだ。

「なるほど、そんな事情があったんですね」

「夫とは仲がいいの。少なくとも私はそう思っているし、家庭を壊す気はない。なんでも話し合えるし、尊敬もしている。だけど、それって結局、家族愛なのよ。夫も家族愛じゃ物足りなくて、きっと他の女性にうつつをぬかした。でも、理解できない訳じゃないわ。私だってときめきが欲しい。十代のようなドキドキした恋愛がしたいの……」

小夜子は大きくため息をついた。

その憂いある横顔がどうしようもなく愛おしい。

(女心って複雑なんだな……)

妻の英里も色々と言えないことがあったんだろうと思いつつ、小夜子を見つめていると、ふいに彼女が視線をあげた。

互いの視線が絡み合う。

出会った時とは違う小夜子を守ってあげたい思いが芽生えてくる。

(今夜、小夜子さんを誘ってもいいだろうか)

その時、

「お洋服が仕上がりました」

背後からの声に振り向くと、クリーニング済みの洋服を抱えた女性スタッフが恭しく一礼した。

「あぁー、夜風が気持ちいい！　御子柴さん、早くぅ！」

「小夜子さん、酔いすぎですよ」

圭介は小夜子のバッグを持って追いかける。

ほろ酔いで気分がよくなったのか、もしくは切ない女心を吐露して少しは胸のつかえが軽くなったのか、小夜子はクリーニングから戻ってきたブラウスとタイトミニに着替えると「二軒目、行きましょう」と圭介の手を引いてきた。

「大丈夫なんですか？　もし、知り合いに見つかったら……」

「平気平気、もし見られても、『もんじゃ屋のお客さん』とか『ヨガスクールの生徒さん』って言っちゃうもん」

茶目っ気たっぷりに微笑んだ。

酔いが回るほど、小夜子のテンションはあがっていくようだ。

繊細な部分はあるが、元々は下町育ちの明るい性格なのだろう。

（まだ九時半か……先日、香澄さんと行ったバーにしよう。同じ店でも、別に不

謹慎じゃないよな）

通りを見渡せば、銀座はまだまだ人どおりが多い。

酔客や会社帰りのビジネスマンが行き交い、時おり、ドレス姿のホステスたちが華やかなネオンの下、笑顔で客を見送っている。同伴中だろうか、着物姿のママらしき女性が男性客と足早にビルの中へと消えていく。

小夜子は軽やかな足取りで、ネオン街を進んでいった。

スマホ片手に、ライトアップされた高級ブランドショップのマネキンのディスプレイや、ローズギャラリーのバラを気ままに撮影しては、ステップを踏むように歩き続ける。

ウォーキング講師の美玖にも劣らないしなやかな身のこなしは、さすがヨガ講師である。

ハイヒールで颯爽と歩く美しさはもちろん、洋服を着ていても隠せないプリケツがどうしようもなくエロティックで落ち着かない。通りを歩く男たちも、振り返っている。

（おいおい、目立ちすぎだぞ）

圭介が声をかけようとした時だった。

横道から出てきた男女を見た小夜子は、驚いたように立ちどまる。女性のほうは、つばの広い帽子を目深にかぶっている。

（なんだ、芸能人か？）

小夜子はそのカップルもカシャカシャと撮影し続けた。

むろん、カップルが気づくことはない。

プリント柄の派手なロングドレスを着た女性が、スーツ姿の男性に腕を絡めている姿は、いかにもセレブな夫婦かカップルという出で立ちだ。

小夜子はくるりと踵を返し戻ってくるなり、

「あの女性、人気料理ブロガーの御子柴英里さんですよ！」

開口一番、興奮気味にはしゃいだ声をあげた。

「御子柴英里？」

圭介は耳を疑った。

確かに洋服や雰囲気は違うが、背格好は似ている。しかし、後ろ姿だけでは判別できない。

（もし英里なら、一緒にいる男は誰だ？）

目を凝らすと、髪をオールバックに撫でつけた大柄な男性は、五十代半ばだろうか。いかにも経済力とステータスを持つ男といった印象だ。

（あの二人、どういう関係なんだ……？）

そんな圭介の心中を知るはずもなく、小夜子は有頂天だ。

「英里さんて、やっぱりキレイ！　私も含めてヨガ仲間にもファンが多いんですよ。添加物を一切使わない彼女の料理本は全部持ってるんです。こんなところで会えるなんてラッキー！」

小夜子は撮影した画像を確認しながら、頬を緩める。

「そう言えば、御子柴さんも同じ苗字ですよね。珍しいわ」

「え、ああ……」

「ところで男性のほうは誰かしら……ダンナ様……？　うーん、仕事関係者？　彼女ってプロフィール欄に年齢も家族構成などもまったく書かない、ある意味ミステリアスな料理ブロガーなんですよね」

小夜子の話を聞きながらも、圭介の視線は十メートルほど前を行く二人を追っていた。目的のバーがこの先にあるため、自然と二人の後ろに続く形になったのだ。

「……そうなんだ」

素知らぬふりで圭介が返答した時、宝飾店の前で女が足を止めた。

ショーウィンドーに飾られたジュエリーに見惚れている。

その横顔は、まぎれもなく妻の英里だった。

（なんだよ……離婚弁護士を立てておきながら、デートか？）

とたんにどす黒い感情がこみあげ、圭介は胸底で悪態をつく。

自分も人妻と浮気をしたが、いざ目の前で妻と他の男の仲睦まじい姿を見ると、怒りが湧いてくる。

（あの二人……一体どこに……？）

そう腹の中で呟いていると、

「あっ、ホテルに入っていく」

小夜子がスマホで撮影を続けながら、声をあげた。

二人は外資系ホテルのエントランスの回転扉から、中へと消えていく。

（うそだろ……）

圭介の中でなにかが弾けた。

「ごめん、小夜子さん、ちょっとだけ付き合って！」

圭介は小夜子の手を引き、英里のあとを追うようにホテルに入る。

「えっ？　ちょっと……御子柴さんッ」

4

驚きながらも、小夜子は素直についてきてくれた。

圭介がフロントで手早くチェックインしている間、

「あの二人、二十五階のお部屋に行ったようですよ」

なにも知らない小夜子は、ちゃっかり二人の部屋階数をチェックしている。

「じゃ、じゃあ……せっかくだから、僕らも同じ階にしようか。小夜子さん、御子柴英里のファンなんだよね？」

「えっ、いいんですか？」

小夜子はポッと顔を赤らめる。

小夜子のミーハー心に便乗して、英里の動向が気になる圭介も二十五階の部屋を取り、エレベーターに乗りこんだ。

（なにやってんだ、俺は。同じフロアで自分の妻と他の男と泊まっているというのに――いや、それよりも小夜子さんと、このまま……？）

エレベーターで上階へと向かう間も、圭介の頭の中は千々に乱れていた。

横を見ると、小夜子がうつむきがちにたたずんでいる。

耳を赤く染めて昂揚して見えるのは、圭介との情事を期待しているからか。それとも、ファンである御子柴英里のスキャンダラスな一面に、多少なりともかかわってしまったからだろうか。

（う～ん、英里の件があるとは言え、ホテルに男と二人きりってことは、アレもＯＫって意味だよな）

二十五階に着いた。

カードキーで入った室内は、モダンシックなツインルームだ。

セミダブルのベッドが二脚、ソファーにローテーブル、液晶テレビ。壁にはモノクロームのリトグラフが掛かっている。

「素敵な部屋――」

小夜子は窓辺にかけよった。

窓を開けるとラウンドしたバルコニーが張りだし、レースのカーテンを膨らませながら、夜風が涼やかに入ってくる。

「いい風……キレイな夜景」

小夜子は両手を広げた。

ビル群の灯を前にした艶めかしくも無防備な女体のシルエットが、圭介の邪心をざわめかせる。

圭介はドアの傍らで突っ立ったままだ。

そもそも英里の動向を探るためにホテルに来たのだが、同時に小夜子との秘め事も期待してしまう。しかし、この階のどこかに、英里もあの男といるのだ。当然、セックスだってするだろう。

（タイミングを見て、あとで廊下に出てみようか。せめて、どの部屋にいるのかがわかればいいのに）

と、再びバルコニーに目を向けると、小夜子はまだ両手を広げたまま、風を受けている。その姿はまるで、圭介を待っているかのようだ。

圭介がまごついていると、

「御子柴さん、こんな時は、男のほうからバックハグするものよ」

小夜子が唇を尖らせる。

「う、うん……」

女性に誘導される情けなさを感じる一方で、後ろ抱きの許可を得たことに安堵する。

圭介も窓辺に歩みよると、ショートボブの髪をなびかせながらたたずむ小夜子の細い腰をキュッと抱きしめ、うなじに唇を押しつけた。

「あん……」

細いウエストは予想以上に華奢で、素肌はシルクのようになめらかだ。

小夜子も圭介の手に手を重ねてきた。

「やっぱり触れ合うっていいわね……すごく安心する」

その言葉に、圭介は抱きしめる手に力をこめる。

「ンッ……首筋がくすぐったい」

くすくすと笑う小夜子が、ゆっくりと振り返った。

「今度は正面からのハグ」

そう甘えながら、小夜子も圭介の首に手を回してくる。

互いの体が密着し、柔らかな乳房が圧しつけられた。

(おお、細いのにオッパイが柔らかくて、いい匂い……あ、股間が……)

スリムな体に不釣り合いなほどたわわな乳房に感激していると、またたく間に股間がいきり立ってきた。思わず腰を引くと、

「……させて」

圭介の首に巻きつかせた手を引きよせながら、小夜子が囁いた。

「えっ」

「……忘れさせて」

圭介が返答に困っていると、小夜子は唇を真一文字に引き結んだ。

「今だけでいいの。自分が母であることも、妻であることも……全部忘れたい」

「さ、小夜子さん……」

「お願い……今だけ甘えさせて」

彼女は眉根をよせた。

無邪気さの中にも女の憂いを隠せない、それがどうしようもなくいじらしい。

圭介は反射的に、小夜子の唇にキスしていた。

柔らかに吸いつく唇が、しだいに熱を帯びていく。ぶつかり合う呼吸が激しさを増し、やがて二人とも舌を絡めていた。先ほど呑んだ酒が甘い唾液と混じり合う。

「はううっ……ンッ」

小夜子が甘く鼻を鳴らす。

唇を押しつけながら、小夜子は圭介の上着のボタンを外し、ネクタイを解き始める。

圭介もキスをしながら、それを手伝う形で上半身裸になった。

小夜子のブラウスを脱がそうとボタンに手をかけると、

「ダメ、御子柴さんが先に脱いで」

小夜子が待ったをかけるので、従わざるを得ない。

圭介が素早くズボンを脱いで全裸になると、それを見届けた小夜子もブラウスのボタンを一つずつ外し始めた。

乳房の谷間が顔を覗かせ、豊かに盛りあがる乳房のラインがあらわになる。ブラウスを脱ぎすてると、ピンクベージュのストラップレスブラに包まれた砲弾状の乳房が現れた。

(おお)

圭介が股間を押さえながら、予想以上の爆乳に見入っていると、

「オッパイはまだお預けよ」

小夜子は後ろ向きになり、プリンとした尻をせりあげた。

いやらしくヒップをくねらせたかと思うと、ストリッパーのようにタイトミニ

をおろし始める。

圭介が声も出せずに見入っていると、なんと下着はTバックではないか。

ブラとおそろいのピンクベージュのTバックが、キュッと上がったヒップのあわいに激しく食いこんでいる。

最初に会った頃の爽やかさや、切ない心の内を吐露した女性と同一人物とは思えない。

圭介のイチモツがグッと急角度に反り返った。

小夜子はスカートを脱ぎ去ると、ブラも外し、くるりと圭介のほうに体を向けた。

「う……」

見事な肢体だった。

EカップいやFカップはあるかもしれない。しかも、食いこみも激しいTバックは、フロント部分もきわどい三角形が女の花を隠しているだけの大胆さだ。

息を呑む圭介をさらに挑発するように、小夜子はたわわな乳房を両手で揉みしだく。丸い乳輪の中心にはツンと上を向いた乳首が鎮座し、揉まれるごとに膨らみが淫靡に歪んでいく。

「セ、セクシーすぎます」

圭介が豊満な乳房に手を伸ばそうとすると、

「まだ、お預け」

どこまでも焦らしまくる小夜子だった。

圭介の手を制すると、自らTバックに手をかけ、ゆっくりとショーツをおろしていく。手入れされた性毛は、ほぼワレメのみを隠したきわどさだ。かすかな汗と甘酸っぱい香りが鼻孔を刺激する。

小夜子はヌードになると、さらに笑みを深めた。

「先に舐めてほしい？　それとも、先に舐めたい？」

一瞬の間があって、

「さ、先に……舐めます」

圭介は勃起を押さえつけながら、そう答えていた。

「わかったわ。ベッドで仰向けになって」

「えっ？」

どんな体勢なのか、若干疑問に思いつつも、圭介は素直に従い、ドア側のベッドに仰臥する。

ペニスは今にも爆ぜそうなほど脈動していたが、ここで暴発するわけにはいかない。
(合コン前に一発ヌイて来るんだった)
そう思ったところで事態は変わらない。
小夜子は身軽な猫のようにベッドにあがり、
「さあ、たっぷり舐めて」
圭介の顔の横に両端にひざをつき、またいできたのだ。
(えっ、顔面騎乗……?)
初めて経験するクンニの体勢だ。
いきなり顔面騎乗という展開に驚く一方で、嬉しいスケベ心もゼロではない。
小夜子の女淫を舐められるうえ、歓喜に歪む美貌とたわわな乳房を同時に拝めるのだ。
男の欲情をそそる誘惑臭とともに、薄い陰毛に縁どられたワレメが眼前に迫る。
閉じた肉ビラは思いのほか薄く小さめで、まるでフリルのような可憐さだ。
視線をあげれば、豊乳とともに潤んだ瞳が圭介を見おろしてくる。
早く舐めて——その目はそう告げていた。

ぶり始めた。圭介は尻たぼに回した両手でヒップを支え、舌先で女唇の浅瀬をチロチロとね

ピチャッ……ピチャッ……

「あ……ん」

小夜子の腰がビクッと弾んだ。

たったひと舐めで小夜子はとろけるようにあえぎ、ひざをガクガクと震わせる。

なおも圭介が濡れ溝に舌を這わせると、しだいにほどけた肉ビラがぷっくりと膨らんで、新鮮な貝肉の感触と磯の風味が広がった。

あふれる蜜汁を啜りあげるが、噴きこぼれる粘液の量が凄まじかった。圭介の口もとは、またたく間にドロドロになっていく。

「ンッ……久しぶりなの……ここを舐められるのが、こんなに気持ちよかったなんて……はあぁぁっ」

腰を揺すって歓喜する姿に、圭介のクンニリングスにもいっそう熱がこもる。

上下に躍らせた舌先を硬く尖らせ、ズブリと刺し貫く。肉ビラもろとも口に含んだ淫花を強く吸いあげる。

「あっ……吸われるの……いいッ」

小夜子は太腿を痙攣させた。

圭介は、情熱をこめてもう一度チュウ……と媚肉を吸いしゃぶる。

吸引と同時に舌を蠢かせてヌプヌプと穿つ。

「はああうっ……ダメ……やだ、おかしくなる」

小夜子がヘッドボードを摑んだのがわかった。必死に崩れそうなひざに力をこめているが、さらなる刺激を求めているのは明らかだった。

と、次の瞬間、

「うぐっ」

圭介は唸り声をあげた。

小夜子は腰を落とし、圭介の顔面に女園をぐいぐい押しつけてきたからだ。

「小夜子さ……あううっ」

鼻と口を同時に塞がれ、一瞬、呼吸困難に陥ってしまう。

かろうじて新鮮な空気を吸うが、呼吸もままならず、顔面は愛液まみれである。

必死で酸素を補給しながら、濃厚になる女肉の味を堪能する余裕もなく、なおも舌と唇を駆使して小夜子の花をねぶり続ける。

最初こそ閉じていた合わせ目は、いまや興奮で急激に肥厚し、鮮やかなコーラルピンクの粘膜を覗かせている。

「あ、そこ……いいッ」

尖ったクリトリスを舌先で弾くと、小夜子はいちだんと激しく腰を跳ねあげた。

クリトリスはほとんどの女性の泣き所だ。小夜子も例外ではなかった。すでに珊瑚色にぺろりと包皮が剝け、赤い顔を覗かせている。

ツンと尖り立つクリ豆を、舌先で上下に弾き、チュッと吸うと、

「くううっ……くくっ……はぁぁああ……」

小夜子のあえぎが徐々に音量を増し、悲鳴へと変わっていく。

ねちっこく舐め転がしていくと、

「も、もう……ダメ」

ほとんど脱力するように後ろ手についた小夜子の手が、勃起を握ってきた。

「うっ」

「ああ、こんなに硬い……」

次いで、上下にこすりあげた。

イチモツにはカウパー液が相当噴きだしているらしい、ニチャニチャという卑猥な音が響いてくる。

圭介も応戦にでる。

尻を支えていた手をすべらせて、下から乳房を揉みしだく。

搗きたての餅のごとく手指を沈ませる乳肌は、豊かな量感と弾力に満ち、刺激を受けるたび、乳頭も硬くしこっていく。

(うう、おっきい……乳首もビンビンだ)

圭介はジュルルッ……とわざと唾音を響かせながら女園を舐め、肥大したクリトリスを強く吸っては、やわやわと乳房を揉みこねた。

「はあっ……私にもさせて」

そう叫ぶなり、小夜子は身をよじり、シックスナインの体勢をとった。

「んぐっ……ぅぐぐっ……」

信じられないほどの素早さで、ペニスを深々と頬張ってきたのだ。

計算されたかのように、圭介の顔面にまたがる角度も見事なら、引きしまったヒップが眼前に現れたのも圧巻だった。

「ハア……これが御子柴さんの味……」

小夜子はあふれるカウパー液を啜り、ねっとりと舌を蠢かせてきた。

たっぷり溜めた唾液で肉棒すべらせて、唸る勃起を舐めしゃぶる。

「おおっ……ううっ」

小夜子のフェラチオを堪能しながら、圭介も負けじと女陰をねぶり回す。

同じクンニでも先ほどと大きく違うのは、小夜子の尻とアヌスが丸見えということだ。圭介はヨガで鍛えた小夜子のヒップを捏ね回し、左右の濡れ溝を交互に舐め、硬く尖らせた舌先で膣口を刺激した。

「ンッ……いいッ……すごくいいッ」

尻を揺すりつつ、小夜子はキュッと咥えこんだペニスに唇を絡めてスライドさせてくる。舌を巻きつかせ、根元を握っていた手を陰嚢にすべらせて、お手玉のごとく揉み捏ねてきた。

「あうっ……くうっ」

圭介の唸り声に反応したのか、小夜子はペニスをしごきながら、股ぐらに頭をもぐりこませ、片方のタマ袋を口に含んだ。

クチュッ……クチュッ……

「くっ」

軽く吸われると、背筋に快楽の電流が走っていく。

フェラチオもたまらなく心地いいが、睾丸を飴玉のようにあやされると、魂までもが持って行かれそうになる。

いつしか、小夜子はもう一方の陰嚢も口内で吸い転がしてきた。

「うっ……ううっ」

圭介は奥歯を噛みしめた。

が、彼女の愛撫に甘んじてはいけないと気を奮い立たせ、懸命に舌を上下させる。充血しきった緋色の粘膜を執拗に舐めねぶっては、口に含んだ肉ビラをしゃぶり回した。

互いの体を恍惚が行き交っていた。

噴きだす汗も、共鳴するあえぎも、なにもかもが溶けあっていく。

「も、もう限界……ッ」

先に根をあげたのは小夜子だった。

ペニスを握りながら振り返り、

「欲しい……早く入れて」

そうせがんでくる。

圭介も限界だった。

挿入したらすぐに暴発してしまう。

と、唐突にあるポーズが脳裏をかすめた。

四つん這いである。

それもひざを着かない尻を高々とあげた四つん這いだ。

せっかく高級ホテルに来たのだ。ふかふかの絨毯の上で一味違ったプレイがしてみたい。

「わかったよ。小夜子さん、床に四つん這いになって」

「えっ？」

「尻を高くあげた四つん這いだよ」

「え、ええ……犬のポーズかしら？」

「犬？」

「これよね？」

小夜子は床に降りて、両手両足をつき、尻を突きあげた。横から見ると尻を頂点に美しい三角形が描かれ、乳房がぶるんと揺れている。

「そう、いい恰好だよ」

「やっぱりドッグのポーズよ。ふふっ、私、御子柴さんのワンちゃんになるのね」

意外だった。圭介が指示したポーズがヨガにあるのも驚きだが、小夜子はさらに興奮を高めたらしい。

圭介もそそくさと背後に回り、隆々と反り返るペニスをヴァギナにあてがう。早く貫いてほしいという小夜子の心情が、裸身から伝わってくる。

圭介は尻を摑み、肉棒を叩きこんだ。

ズブッ……ズブッ……ズブズブッ……!!

「はあうっ……くううっ」

小夜子の体がビクンと波打ち、ペニスはあっという間に女膣に吞みこまれた。膣内《なか》は滾《たぎ》るように熱かった。

「おお、締まる」

うねるヒダがペニスに絡みついてくる。まるで、男根を咎《とが》めるように、表面から芯までを強く締めつけてきた。

「ああっ……んんんっ」

小夜子は床に置いた四肢をプルプルと震わせた。

いくら体が柔軟なヨガ講師といえども、この体勢で貫かれるのは苦しいだろう。しかし、窮屈な姿勢を強いられているにもかかわらず、串刺された体はいっそう艶めき、背中ごしでも欲望の果てにあるアクメを摑みとろうとする貪欲さがありありと感じられる。

ズブッ……ズブッ

先に尻を打ちつけてきたのは彼女のほうだった。

「もっと欲しい」と言わんばかりに前後に腰を揺らし、責め立ててくる。

「むむっ」

圭介はヒップを摑んだまま、逆にペニスを半分ほど引きぬいた。

「ああっ……いやッ」

すぐさま、小夜子の尻が結合を深めようと後ろに突きだされる。

「お……お願い……もっと奥まで」

小夜子は圭介を振り返った。その潤んだ瞳が、切実さを物語っている。

尻がわなわなと震え、男根を締めつける力がもういちだん強まった。

収縮する蜜壺が、久しぶりに受け入れたであろう怒張を食いしめ、歓喜にざわめいている。

しかし、圭介は焦らなかった。先ほどまでイニシアチブをとられたお返しの意味もこめて、焦らしぬいてやるという気持ちがあったのだ。

ふだんでは考えられないサディスティックな気持ちまでもが芽生えてくる。

が、意外にも脳裏をよぎったのは、妻英里のことだった。

（同じ階では英里も、あの男と……）

小夜子の膣内《なか》にうずめたペニスが硬さを増した。

興奮か、それとも憤怒の念か、小夜子の濡れ肉をぐっと押し広げるのがわかった。

「うっ……御子柴さん」

甘やかな小夜子の声を聞いた次の瞬間、

──バシーンッ!!

圭介は右手で小夜子の尻をひっぱたいていた。

「ヒッ……アアッ！」

小夜子はビクッとのけ反り、同時に、ペニスの締めつけがぐっと強まった。

軽く叩いたつもりが、右尻は見る間に手形が赤く浮きあがっていく。

「おお、すごく締まる……小夜子さん、このまま歩いて、あのバルコニーまで行こう」

自分でもよくわからぬまま、そう指示していた。

「バ……バルコニーに？」

「ああ、バルコニーまで行けば、バックから思いっきりハメまくってあげる」

「もう……イジワルね……でも、嫌いじゃないわ……」

やや高圧的になった圭介の言葉に、小夜子はむしろ昂揚をあらわにする。

距離はかなりあるので、ペニスを挿入されたまま四つん這いで行くには、けっこうな苦痛を強いられるだろう。

が、意を決したように、小夜子はゆっくりと手足を動かし始めた。

「ああ……ンンッ」

左手を前に、次いで右手……左足、右足……。

「そうだ、うまいですよ。アヌスまでバッチリ見える」

「くっ……」

小夜子の屈辱まじりの声が響いた直後、
パシーンッ!!

すかさず、もう一度、尻ビンタを浴びせていた。今度は両手である。

「あんッ……御子柴さんて意外とSなのね」

小夜子は陶酔が入り混じる声をあげ、崩れ落ちそうになる四肢を踏んばった。

左右に張りだした尻が、紅葉のような赤い手形に染まっていく。

「くっ……ううっ」

それでも必死にペニスを呑みこんだまま、女体は一歩、また一歩と這い進んでいく。

圭介も低く唸らずにはいられなかった。先ほど以上にペニスに圧がかかり、得も言われぬ快楽を覚えたからだ。

右手、左手……右足、左足……。

ともすれば抜けそうになるペニスを根元まで押しうずめながら、圭介も歩調を合わせていく。小夜子自身、この倒錯的なプレイを愉しんでいるのかもしれない。一時《いっとき》でも夫の裏切りを忘れ、女を取り戻したいのだ。

「はあ……はああっ」

そんな思いにふけりながらも、圭介は英里の存在を拭いきれずにいる。

這い進むたび、苦しげにあえぐ小夜子だったが、その歩調は決して止めない。

「小夜子さんは貪欲な女性ですね」

圭介は腰をズンと打ちすえた。

「ああっ！」

小夜子はグラリと傾きかけたが、しかと絨毯に爪を立て、かろうじて転倒を免れた。体勢を整え、再び手足を慎重に動かしていく。

「ハア……ハァ……」

バルコニーはもうそこまで迫っていた。

フェンス越しに見えるネオンが、眠らぬ大都会を象徴している。

モザイクタイルを敷き詰めたバルコニーに到着すると、

「よし、フェンスに摑まって立ってください」

「ああ……」

小夜子はヨーロピアン調のアイアンフェンスに震える手をかけ、最後の力を振り絞るようにして、ゆっくりと身を立たせる。

肉棒が食いこむたび、彼女の四肢が痙攣しているのがわかる。

「ああ……くうっ」

「よーし、そのまま、摑まっててくださいね」

圭介は蜜壺にうずめたペニスを亀頭ギリギリまで引きぬくと、満を持して腰を送りだし、膣肉を割り裂いた。

ジュブブブブッ……!!

「ヒッ……はあぁぁあっ」

膨らんだ花弁を巻きこみながら、男根は一気に膣奥まで到達する。

小夜子の体が激しく弓なりに反った。どこまでも貪欲な女体は、呑みこんだペニスを食いちぎらんばかりの勢いで締めつけてくる。

ジュブッ……ズブズブッ……!!

「くうっ、おおっ」

圭介は無我夢中で腰を振り立てた。

グロテスクにぬめる怒張が顔を出しては、ふたたび小夜子の膣路に叩きこまれる。女肉をえぐるような抽送を容赦なく与えた。小夜子はむしろその荒々しさを歓迎しているように、膣路の圧を強めてくる。

ジュブッ、ジュズズッ!!

汗と体液が飛び散った。

小夜子のショートボブの髪も跳ね、乱れる。互いのあえぎが夜闇にまぎれていく。

圭介が、角度と深度を微妙に変えながら、渾身の乱打をくりかえす。

小夜子はバルコニーでヌードをさらしていることさえ忘れたように嬌声を放ち、

いやらしく身をよじった。

「ああ、すごいッ」

その時だった。

となりのバルコニーからも悩ましい声が聞こえてきた。

圭介が声の方向に目を向けると、

「あ、あれって……!」

小夜子が叫ぶ。

圭介は一瞬、凍りついたように動きを止めた。

それはまぎれもなく妻の英里だったからだ。

小夜子と同じようにフェンスに摑まり、後ろから男に刺し貫かれている。

「あらっ、彼女……御子柴英里さんじゃ……」

となりの部屋でまさか自分の妻も——圭介が愕然と目を見開いた時、

「私たちも……ねえ、もっと……」

小夜子は再び腰をせりあげて、強引に結合を深めてきた。

膣肉がキュッキュッと締めつけてくるため、圭介はなんとか中折れだけは免れた。しかし冷汗が噴きだし、心臓が不快に高鳴っていく。

（あいつ……やはり男と）

怒り心頭しつつも、ペニスはむしろギンギンに猛り立っていた。

大よその予想をしつつも、いざ、真実を知ってしまった前と後とでは雲泥の差がある。

もう後戻りはできない。

妻の……少なくとも法律上の妻英里は、間違いなく他の男に抱かれている。

「クソッ！」

圭介の憤怒の念が欲情を尖らせ、全身をいっそう燃えあがらせていく。激情に駆られ、ズンとひときわ激しい胴突きを浴びせると、

「はあッ……あぁぁッ」

「小夜子さん、声をあげないで」

圭介の言葉に、小夜子は隣室のふたりに聞かれぬよう、押し殺したあえぎを漏らす。

圭介はわななく小夜子の豊かな乳房を抱えこんだまま、力の限り突きあげた。

抽送のたび、たっぷり潤んだ女陰は、肉ずれの音とともに、卑猥に吸いついてくる。

英里と遭遇したことで女心を煽られたのだろうか、小夜子は「もっと奥まで」と訴えるように、尻を押しつけてきた。

「むううっ、くううっ」

乳房を捏ね回したまま、肉の鉄槌を穿ちまくる。

となりを見れば、英里は遠目でもわかるほど肌を生々しいピンクに染めながら、男のモノを受け入れ、大きく身を反らせている。

しかし、唇を結んで、今にも出そうな悲鳴を必死に呑みこんでいるのがわかる。

多少なりとも有名になった今、スキャンダルはご法度だろう。

衝撃のたび英里のロングヘアが跳ね、乳房も上下に弾ませていた。Dカップと決して大きくはなかったが、男に貫かれて揺れる乳房は、夫の目から見ても艶めかしいほど乳首が興奮に尖っていた。

(くそっ、ちくしょう!)

怒りとともに、圭介のピッチが加速していく。

パンッ、パンッ、パパンッ!

「だ、だめ……声が出ちゃう……っ」

小夜子の蜜壺は乱打を受けとめ、憤怒に猛り立つ男根をしたたかに食いしめてきた。

渾身のストロークで激しい抜き差しをくりかえし、時おりグジュリとグラインドさせる。熟れた膣肉が生き物のごとく吸いつき、奥へと引きずりこもうとする。

「も、もうダメッ……イキます、私……イクッ」

小夜子が髪を振り乱しながら、かすれた声をあげた。

圭介もフィニッシュに向けての連打を浴びせる。

「ヒッ……くくっ……ああッ」

小夜子が痙攣とともに大きくのけ反った刹那、

「出るぞ、出すぞ……ちくしょう、ちくしょう」

圭介はとどめの一撃を見舞った。

目も眩むような激しいアクメに襲われたのち、圭介は小夜子の奥深くにドクドクと男の精を注ぎこんだ。

第四章　久々に濡れて……

1

（ああ～、いいお湯だな）
まだ夜が明けきらぬ甲府盆地を見おろすヒノキ造りの露天風呂。
圭介は、湯煙を立ち昇らせる湯の中で、思いきり手足を伸ばした。
甲府の街灯りを眺め、星空を仰ぐ。
（これぞ、命の洗濯……いや、ここで自分自身のみそぎをしておかなければ）
ハアと大きく吐いた息が、湯煙に混じって消えていく。
――今日は山梨支社への出張だった。

ＷＥＢ担当の圭介は、時々、地方にある支社のＰＣメンテナンスの仕事も入る。山梨に来るなら絶対に外せないのが、ここ「ほったらかし温泉」の露天風呂である。

日の出一時間前から営業するこの温泉は、都心から中央高速で三時間。圭介はすでに何度も訪れており、日の出も夜景も楽しめるうえ、右横には壮麗な富士山の雄姿も観ることができる。

湯船に浸かりながらこれほど見事な眺望を堪能できるのは、全国でも稀有と評判だ。

途中経路の「笛吹川フルーツ公園」は、新日本三大夜景にも認定されており、山梨出張の際はこの温泉に立ちよって、朝日を拝んでから出社するのが定番だった。

（でもなあ……）

リラックスしようとする反面、心は複雑だった。

ヨガ講師の小夜子とめくるめく時間をすごしたのはいいが、妻英里の浮気現場を目の当たりにするとは——。今でも目をつむれば、バルコニーでバックから男に貫かれていた驚愕の光景が生々しくよみがえってくる。

「お前も同じ穴のムジナだろう」と咎められればそれまでだが、怒りと虚無感はじわじわと尾を引き、忘れようと思うたび、亡霊のごとく現れるのだ。

既婚者合コンで浮かれていた自分への罰だろうか。

（離婚を求めてきたのはあの男が原因だな。相手が誰なのか、興信所で調べさせようか）

ただ、相手をつきとめても問題がないわけではなかった。

妻の浮気現場の目撃談を弁護士に伝えれば、「なぜ、あなたは知っているのか？」と問われるだろう。

その時、もしひとりで宿泊したと伝えても相手はプロだ、なぜツインを選んだかと問われるだろうし、もしかしたら防犯カメラの提示を求めてくるかもしれない。そうなれば、小夜子が映っている可能性もある。

いや、きっと映っている。

当然、彼女との関係を迫られるだろう。

（まったく、どうすりゃいいんだ）

圭介があれこれ思いを巡らせていると、いつの間にか、頭にタオルを載せた初老の男性が圭介の横で湯に浸かっていた。

「今日の朝日は見事でしょうなあ」

雲ひとつない夜明けの空を見て、老人が呟く。

周囲を見わたすが、誰もいない。どうやら圭介に話しかけているようだ。

「あ、ああ……そうですね」

圭介もつられて、返事をする。

真正面に目を向けると、山影周辺の空が徐々にオレンジ色に染まっていた。

大自然が織りなす美しい光景に、圭介の気持ちがわずかに和んだ。

「ほら、そろそろですよ」

老人が飄々と言う。

周囲には、日の出を見ようといつしか入浴客が増えてきた。

山頂から真っ赤な太陽が顔をだすと、他の入浴客たちが「ほお」と感嘆の声を漏らす。

(おお、見事なご来光だ!)

圭介も心の中で叫んでいた。

過去に訪れた中でも、もっとも美しい日の出かもしれない。

雲ひとつない秋の空に、徐々に昇ってくる太陽が黄金色に輝いている。

茜色に染まっていく朝焼けも相まって、極上の眺めである。

「きゃー、素敵！」

「カメラ持ちこみ禁止なのよね。残念だわあ」

木の塀を隔てた女湯からも歓声があがった。

右側には富士山がそびえ、日差しを浴びて山肌をくっきりとさせていく。

日が昇ると朝焼けが徐々に色を落とし、青空が広がった。

入浴客らはひとり、ふたりと露天風呂から出て内風呂に向かい、火照った体を冷まして脱衣場に行く。

（よし、俺もそろそろ出るか）

圭介も湯からあがった。

汗をたっぷりかいたせいで、気持ちも体もスッキリしている。

むろん、美しい日の出と富士山を目にしたことで、いくぶんか心も晴れわたった。

スーツに着替えて革靴を履き、のれんをくぐる。

駐車場までの砂利道を歩いていると、

「もしかして……御子柴さん？」

背後から名を呼ばれた。

振り返ると、メガネをかけた紺のスーツ姿の女性が立っている。

「えっ？」

目を凝らした。

「あ……もしかして、あの時の！」

既婚者合コンで会った女教師ではないか。

圭介が思わず声をあげると、女性はボブヘアを揺らしながら人差し指を口元に当て「しーっ」とジェスチャーをする。

相変わらず、口もとのホクロがエロティックだ。

湯あがりで上気した肌も色っぽい。

「た、確か……高島愛花さんですよね。中学校の音楽教師の」

そう言えば、三十一歳だったと思いだす。そして、あの時のパーティでは別な男とノリノリだったことも。

「覚えてくださってたんですね。御子柴さん、どうしてここに……？」

愛花は周囲を気にしながら、小声で訊いてきた。

「山梨支社への出張なんです。ＰＣのメンテナンスで。で、出張の時は必ずここに寄るのが日課になって」

　圭介が笑みを浮かべると、愛花もメガネごしの瞳を細めた。

「私も天気予報を見て、素敵な日の出が観られそうな日は仕事前に車を飛ばして来るんですよ。今日は最高の朝日でしたね」

「はい、今まで観た中でも一番かもしれない。そんな時に高島さんとも会えたんだから、今日はいい一日になりそうです」

　つい、調子良く喋ってしまう。

　二人は駐車場に向かって歩きだした。

　今日は仕事後、甲府市内のホテルに泊まることになっている。

（ここで愛花さんに会ったのも、なにかの縁だ。ダメもとで誘ってみようか）

　圭介は勇気を出して声をかけた。

「あ、あの……よかったら、高島さんさえ迷惑じゃなければ、夕食でもご一緒しませんか？」

「えっ」

　一瞬、愛花が歩みを止める。

「あ、無理だったら断ってくれていいんですよ。授業が終わっても、なにかとお忙しいでしょうし、ご家庭だって……」

圭介がフォローの一言を告げると、最初こそためらっていた愛花だが、

「大丈夫ですよ。ただ……お店は私が選んでもいいでしょうか？　知り合いに会うと厄介なので……」

「もちろんです」

連絡先を交換して、それぞれの車に乗りこんだ。

（やったぞ！　愛花さんとデートだ）

圭介はシートベルトを締め、軽快にアクセルを踏んだ。

2

「乾杯」

午後七時、圭介と愛花は甲府市内のエスニックレストランにいた。

彼女が勤める学校からも遠く、生徒の親にも会う心配がないという愛花がセレクトした店である。

店内は半個室となっており、アジアン風のラタン材のインテリアにほの暗い照

明が灯り、他の客とも顔を合わさないリラックスできるムードだ。

テーブルには生春巻きや海鮮のナンプラーいため、ガパオやパクチーサラダが並んでいる。

ドリンクは香草とも相性のいい白ワインを愛花がオーダーしてくれた。

「ビックリしましたよ。まさか、愛花さんと温泉で会えるなんて」

ほろ酔いも手伝って、圭介はちゃっかり下の名前で呼んだが、愛花はさして気にも留めず、

「私もです。なんか不思議なご縁ですね。朝日も最高でしたし」

愛花はボブヘアを掻きあげて微笑した。

メガネをかけているが、和風顔で整っているうえ、なによりも口もとのホクロがセクシーすぎて、ついじっと見入ってしまう。

（この唇にキスしたら……いや俺のチ×ポを咥えさせたら、どんな反応を見せるんだろう）

圭介は、つい愛花とのセックスを妄想してしまう。

スーツの上からでもわかる女性らしいボディが圭介の下半身を疼かせてくる。

ただ、気になることもあった。

既婚者合コンにわざわざ来るということは、愛花の家庭もうまくいっていないのだろうか。

（もう少し、呑んでから訊こうかな）

そう顔色を窺っていると、

「お酒、もう一杯頼んでもいいですか？」

頬を赤らめた愛花が訊いてきた。

「どうぞ、どうぞ、じゃんじゃん呑んでください」

圭介もこれ幸いと勧める。

新しいグラスワインが来ると、愛花はご機嫌で「二度目のカンパーイ」と圭介のグラスと合わせた。

「愛花さん、けっこうイケるクチなんですね」

圭介が訊くと、

「こんなにリラックスして呑んだのは久しぶりなんです。もう楽しくて」

「そ、そうなんですか？」

「はい、職場の呑み会ではもちろん酔うことなんてできませんし、ご近所さんとの付き合いも……やはり教師という職業柄、他人の目は気になりますね」

「そうですよね、今はちょっとした発言でも上げ足をとられたり、セクハラ、パワハラとうるさいし、なにかと気遣いますものね。僕の前ではリラックスしてください」

そう言うと、愛花は「嬉しい、ありがとう」と微笑んだ。

「実は僕、妻に出ていかれた男やもめ状態で……それを慰めようとしてくれた友人が、既婚者合コンに誘ってくれたんです」

さりげなく現状を話す。

愛花の夫婦仲を訊くには、まず自分のことから話すのが一番だろう。

案の定、彼女は呑んでいたワイングラスを置いて、

「実は……私も主人と娘の教育のことで揉めていて……たまには他の男性とも知り合いたいと思って合コンに参加したのがきっかけなんです」

「娘さんの教育で、ご主人と……」

「はい、うちの主人は小学校教員なんです」

「えっ、ご夫婦で先生をされているんですか」

「ええ、娘はまだ四歳ですが、将来的には私立のエスカレーター式の小学校に入学させたいと考えているんです。校風や友人が、娘の性格や価値観、将来の人脈

などに与える影響ってとても大きいですから。でも、主人は公立で十分だろうって」

愛花は困ったように視線を落とす。

圭介は言葉を選びながら、

「ご夫婦ともども教育者なら、それぞれの考え方がありますものね。うちは子供がいませんけど、子供がいたら、やはり最高の環境を選んでやると思います」

「そうなんです。教育環境や交友関係がいかに子供の将来を左右するか、私は多くの生徒を見てきました。だからしっかりした私立の学校に入れたいんです。それを主人が反対して……主人自身がわりと自由に育ってきたから、『温室育ちはダメだ。今は多様性の時代だ』って意見して……顔を合わせれば娘のことで言いあいになってばかり」

愛花はふうっとため息をつく。

その憂いある表情にも色香が漂い、深刻な話題にもかかわらず下半身がビクッと反応する。

「私の元同僚の中には、公立でも教育レベルが高く、コスパもいい高校に入れようと、子供がゼロ歳の時にさいたまの浦和に引っ越した人もいるんです」

「なんと、そこまでして……」

圭介は唖然とするばかりだ。

「あ……せっかく食事に誘ってくれたのに、こんな湿っぽい話をしてごめんなさい。もっと楽しい話をしましょう」

愛花は三杯目のワインをオーダーした。

圭介はさりげなく明るい話題に持っていこうと、

「そう言えば、前回の合コンでは、愛花さんととても仲のいい男性参加者がいらっしゃいましたね。僕、とても羨ましかったんですよ」

それとなく自分の好意を伝えると、愛子は唇を尖らせた。

「長谷部さんっていう証券マンですね。最初は親しく話していたんですが、そのうち、『今、お得な銘柄があるんですよ』って営業されたんです。私、一気に冷めちゃいました。私をお客として狙っていたんですね。人当たりがよかったのも営業目的だったようで……もう、いっさい連絡は取っていないんです」

「……そうだったんですか」

「ええ」

愛花はしんみりとワイングラスに口をつける。

話題のセレクトを誤ったせいで、またも空気が白けてしまった。

(マズいなあ……こんな時って、どんな話をしたらいいんだろうか)

家族の話題はNGだし、愛花さんの好きそうな話題は……。

(そうだ、確か音楽教師だったな)

圭介はとっさに、合コンでの会話の内容を思い出す。

「愛花さんはピアノやギター、フルートもされると言っていましたよね」

すると、うつむいていた愛花は顔をあげ、破顔した。

「嬉しい、覚えててくれたんですね。あれだけ大勢の人がいる中で覚えてくれてたなんて、感激です」

「いえいえ、最初に話したのが愛花さんでしたし、あの日会った中で一番素敵だなと思ったのも愛花さんでしたから」

あの時は小夜子と寝たが、愛花に心惹かれたのも確かだった。

徳田の「女は相対評価で褒めろ」を実践すると、愛花はさらに笑みを深めた。

「ええっ？　あれだけ素敵な女性ぞろいで、しかも私が一番地味な恰好だったのに……？」

「地味だなんて思いませんよ。むしろノーブルに感じました」

「ノーブル……？　そんなこと言われたの、初めてです」

「あの水色のブラウスがとてもお似合いでした」

「洋服まで覚えててくれたなんて……」

愛花は感動しきりだ。

「愛花さんは確かあの日、教育セミナーの帰りでしたよね」

「はい、御子柴さんてすごい記憶力……」

「いえ、愛花さんが魅力的だったから覚えているんです。他の女性はまったく記憶にありません。教育関係の大事なセミナーなら、洋服だって控えめにするのが、むしろ常識ですよ」

大げさなほど称賛した。

事実、圭介はクルーズ船でのゴージャスなパーティでは気後れしてしまったから、華やかすぎる女性は苦手だと今さらながら思ってしまう。

「感激しています。職場ではいつも緊張してばっかりだし、家では夫といがみ合っているし、娘のママ友ともお受験などの話題で腹の探り合いだし……御子柴さんの前では、心からリラックスできそう」

「よかったら、場所を変えて呑み直しませんか？　僕、今夜は市内のFホテルに泊まりなんです」

すかさず言った。こういう時は、女に考えるすきを与えてはダメだ。

「えっ」

目を見張る愛花に畳みかける。

「愛花さん、いつも頑張っていますよね。いや、僕から言わせると頑張りすぎだ。今夜は僕があなたを癒してあげたい。教師であることも、妻であることも、母であることも忘れさせたい。今夜、そのチャンスを僕にくれませんか?」

自分でも似合わぬキザなセリフだが、愛花は頬を赤らめ、圭介の顔を見つめながらコクンとうなずいた。

(英里が浮気してるんだから、俺だって……)

圭介の胸中では、純粋に愛花と親密になりたい気持ちとともに、英里への対抗意識も芽生えていた。

「愛花さん……」

部屋に入るなり、圭介は愛花を抱きしめた。

ビジネスホテルの室内は、ベッドとデスク、テレビやミニ冷蔵庫が設えられた、ごくシンプルな空間だ。

すでにここに来る途中のタクシーの中で、互いに手を絡ませていたので、合意の上だと圭介は理解した。

突きあげるズボンごしの股間をさりげなく押さえつけ、あくまでも紳士的な態度でエスコートしてきたのだ。

「ごめんなさい……酔ってしまって」

圭介に抱きしめられながら、愛花は困惑とも、言い訳とも取れる言葉を口にした。

「構いませんよ。僕も呑ませちゃって、ごめんなさい。今、お水を持ってきますね」

ダウンライトが灯る中、冷蔵庫に行こうとする圭介の腕を、愛花が引きとめた。

「お水は……いりません」

あっと思った時には強く抱きつかれ、キスをされていた。

（うそだろ……）

柔らかな唇の感触とともに、彼女のスーツごしの乳房が柔らかに押し付けられる。

高鳴る鼓動を感じながら、圭介も唇を押し当て、舌を差し入れていた。

ニチャッ……クチュッ……

互いの舌がもつれあう。

愛花は思いのほか積極的に舌を絡め、圭介の口腔や歯列を舌先でなぞってきた。

(うっ、けっこう積極的なんだ……やっぱり口もとにホクロのある女性って……いやいや、俺がちゃんと愛花さんをリードしなくては)

先ほど呑んだ白ワインの味があっという間に吹き飛んで、甘やかな愛花の唾液が口内に注がれる。

「ンッ……あぁっ」

愛花は悩ましく鼻を鳴らしながらキスを解くと、落ちかかるメガネを外し、傍らにあるデスクに置いた。

黒目がちのつぶらな瞳が潤んでいる。

その視線をまっすぐに注がれて、圭介は一瞬、たじろいだ。

ごくりと生唾を呑みつつ、

「キ、キレイです……愛花さん……。出会った時から、聡明な方だと思っていました」

「嬉しい……今日はなにもかも、忘れさせて」

その言葉をきっかけに、圭介は愛花をベッドに横たわらせた。

彼女は抵抗しない。

仰向けにした愛花の濡れた唇に接吻しながら、スーツのボタンを一つ一つ外していく。

白い胸元と、華奢な鎖骨が顔を覗かせた。

呼吸のたび、愛花の黒いキャミソールに覆われた乳房が上下している。

「ああ……本当にキレイだ。セクシーすぎます」

圭介は首筋から鎖骨に唇を這わせた。

甘い体臭とほのかな汗の香りが鼻孔を刺激し、加えて、ブラカップ付きキャミソールの膨らみを目の当たりにすると、否応なく勃起が硬さを増していた。

キャミソールの肩紐を外して、ブラカップをめくりおろすと、丸々とした肉感的なお椀型の乳房がまろびでる。

薄明りでもわかるほど、粒立ちの少ないピンクの乳輪の中心に、初々しい桃色の乳首がツンと勃っていた。

「ハア……たまりません」

圭介は両脇から、乳房を寄せあげるように揉みしめ、乳首を口に含んだ。

「あ……ンッ」

愛花が肩を震わせた。

普段から教師として自分を律してるのだろうか。あえぎは控えめで、自分を抑えている印象が強く、感じている自分を見せまいとしているのがわかる。

「もっと声を出していいんですよ。愛花さんのセクシーな声を聞きたい」

そう純粋に伝えると、愛花は切なげに目を細めた。

「私……感じている自分に罪悪感を持ってしまうんです。性ははしたないものだって、両親に教えられたせいでしょうか、ベッドの中でも品行方正にしなければと、自分にブレーキをかけてしまって……」

「さっき、僕に積極的にキスしてくれたでしょう？　とても嬉しかった。なにもがまんすることはありません。そのままの愛花さんでいてください」

圭介が再び乳首を吸うと、愛花は安心したように、圭介の頭を掻き抱いてきた。

「あぁっ……いいの……圭介さん、すごく気持ちいい」

甘い体臭がいっそう濃くなり、すべすべの肌から汗が噴きだしてきている。

圭介がキャミソールと上着を脱がそうとした時、

「待って、洋服がシワになると主人に怪しまれるので、自分で脱ぎます。御子柴さんも……」

そう身を起こした。

「そう言えば……ご主人にはなんて……？　遅くなっても大丈夫ですか？」

「はい、今夜は仕事で遅くなると言ってきましたから」

愛花は後ろを向いて、洋服を脱ぎ始めた。

圭介もスーツと下着を脱いで振り返ると、愛花はすでにベッドに潜りこんでいた。

デスクの上にきちんと畳まれたスーツがあることから、裸であることは明白だ。

「すみません……体を見られるのが恥ずかしくて……」

愛花は困ったように視線を落とした。

「そんな可愛らしいところ、好きですよ」

嬉々として圭介もベッドにすべりこむと、柔らかな肌がしっとりと吸いつく。

「ああ……愛花さん」

圭介の手が乳房から脇腹を伝い、張りだした腰へと移動する。

「ンンッ」

愛花は太腿をよじらせた。圭介の手は、時おり恥毛を梳くように、徐々に下へと這いおりていく。

「……あっ」

「脚の力を抜いてください。愛花さんが嫌がることは、決してしませんから」

その言葉に安堵したのか、こわばった下肢の力が抜けていく。

圭介は指腹で恥丘と性毛を撫でた。陰毛は薄い。愛花がじれったいと思うほど、いくども秘部を避けて手を行き来させる。

そのうち、

「もう……我慢できません……御子柴さん……」

「愛花さんの大切な部分に触れてもいいんですね？」

一瞬の間のあと、愛花はか細い声で「はい……」と囁いた。

恥毛を掻き分け、肉ビラに触れると、すでにふっくらと充血した花弁が圭介の指を迎え入れてくれる。十分な濡れ具合だが、念のため右手中指を口に含み、たっぷりと唾液で濡らす。

花弁をめくり、ゆっくりと指を差し入れた。

「ンッ……あう」

愛花の体がビクッと波打つ。

「……久しぶりなんです……私」

「でも、すごく濡れていますよ……ああ、キュッと指を締めつけてくる」

「良かった。私の体、まだ枯れてなかったんですね」

「枯れているなんて、とんでもない。こうしている間も、うねうねと指に絡みついてくる」

圭介は中指を奥まで挿し入れながら、ゆっくりと抜き差しをした。

クチュッ……クチュッ
「……ッ……ああっ」

愛花が身を震わせ、湿った息を吐いた。

「痛くありません？」

「……はい、気持ちいい」

しだいに愛花の肌が朱に染まってくる。

圭介はわずかに鉤状に折り曲げた中指を出し入れし、Ｇスポットを刺激した。

「ヒッ……クッ」

女体が大きくもんどりうつ。角度を微妙に変えながら、Gスポットを刺激する。点ではなく、指腹全体、つまり「面」で刺激するのがいいと書物で読んだことを思いだす。

ジュブッ……ニチャッ……

「ンッ……いい」

十分潤ってきたのを見計らい、親指でクリトリスを弄り始めた。

「アッ、そこ……弱いんです……あぁッ」

「もっと濡れてきましたよ。体が感じている証拠だ」

やはりクリトリスはどの女性も感じるようだ。

圭介は、すかさずベッドカバーをめくりあげた。

愛花の脚を大きく広げて、間に這いつくばると、

「いやっ、恥ずかしい……見ないでッ」

愛花はとっさに股間を両手で隠した。

「大丈夫、愛花さんのすべてを愛させてください」

「……その前にシャワーを……」

「大丈夫。汗ごとあなたを愛します」

そこまで言うと、愛花は戸惑いを見せつつも、そろそろと股間から手を離した。ほの暗い照明の中、濡れ花が姿を現す。

（おお、これが愛花さんの……）

圭介は目を凝らした。

コーラルピンクの大きめの肉ビラが、真っ先に目につく。挿入の際、この豊かな小陰唇がペニスにまとわりつき、得も言われぬ快感を運んできてくれることだろう。

いかにもハメ心地の良さそうな花弁を広げると、鮮やかな蘇芳色の粘膜の上方には、先ほど弄ったクリトリスが鋭い尖りを見せている。

さらに顔を近づけた。

熱気を孕んだ発情の匂いがむんむんと漂ってくる。

ふうっと息を吹きかけると、

「ああっ……」

愛花は上気させた頬をさらに引き攣らせ、圭介の顔には甘酸っぱい吐息が跳ね返ってきた。

舌先を硬く尖らせて、ツツーッとワレメを舐めあげた。

「くうっ……うぅううっ」

シーツに爪を立てながら、愛花はピンクに染まる太腿を震わせた。酸味のある甘い味が圭介の口内に広がっていく。

「美味しいですよ……愛花さんの味……ああっ、いやらしい液がこぼれてきた」

「いや……恥ずかしい」

再度、ワレメをねぶると、愛花は「あううっ」と腰を波打たせて、圭介の舌に自ら女陰を押しつけてきた。

噴きだす愛蜜を啜り、力加減を変えていくども舌先で縦溝を往復させると、

「はあ……こんなに気持ちいいなんて……」

ガクガクと内腿を痙攣させながら、嗚咽を漏らした。

先ほど、彼女は「久しぶり」と言っていた。夫とはセックスレスである可能性も高い。当然ながら、欲求不安もあるだろう。三十一歳の女ざかりの体を持てあましているかもしれない。

ならば——

圭介はこれまで、香澄、美玖、小夜子とベッドをともにして、それなりの自信を得てきていた。

（今夜は愛花さんを、思いっきりイカせてやる……）

そう意気込みながら、愛花の肉ビラをこってりと舐めしゃぶった。舌腹で舐めあげては、尖らせた舌先でズブッと中心を貫く。もう一度、広げた肉ビラをねぶり回し、チュッと吸いあげる。

「ンッ……気持ちよすぎて、おかしくなりそう」

羞恥に顔を赤らめ、息を弾ませる愛花の表情を観察しながら、舌先を上下左右に動かしては、蜜を噴きだす粘膜に執拗に舌を這わせた。

中指も加えて、敏感な女粘膜を二つの性具で刺激していく。

「はあっ、くうっ」

凄まじい締めつけだ。

「も、もう……許して……次は御子柴さんのモノを口で……」

自分ばかりがいい思いをしてはいけないと感じたのだろうか、愛花がフェラチオをほのめかしてくる。

「僕のを握ってください。愛花さんが魅力的だから、こんなになってしまって……」

圭介はシーツを握りしめていた愛花の手を取って、股間に導いた。

愛花は恐るおそるペニスを握ると、

「ああ、硬い……熱い。これほど興奮してくれるなんて、嬉しい」

上体を起こして、圭介を仰向けにさせた。

圭介から見てちょうど横向き――九十度になる角度で行儀よく正座をすると、いきり立つ怒張を握り、口もとのホクロを見せつけるように口に含んだ。

「ハア……おおっ」

生温かな唾液が勃起を包みこむ。

落ちかかるボブヘアを掻きあげながら、頬をへこませてペニスを吸い立て、再び根元まで呑みこんでいく。しゃぶるたび、口もとのホクロが濡れ光り、ひどくエロティックだ。

ジュポッ……ジュポッ……

しかも横を向いているせいで、乳房もゆさゆさと揺れている。

「むうう」

視界に入るすべてが卑猥だった。

普段は真面目に教鞭を取っているであろう音楽教師の愛花が、猛々しく反り返る男のペニスを頬張っているのだ。

フルートもやっているせいだろうか、男根を咥えるだけではなく、根元から亀頭へと唇を横にすべらせる行為も艶めかしい。

「ン……ハア……ああ、こんなに硬くて立派で……」

愛花は感極まった声でフェラチオを続け、時おりうっとりと圭介に視線を向けてくる。まるでフェラ顔を見てと言わんばかりに、唾液で濡れたホクロや唇、そしてとろんとした眼差しで口唇愛撫を続けている。

チュパッ……チュッ……

「うっ」

裏スジとカリのくびれが交差する敏感な一点を重点的に責められ、圭介は思わず唸った。

乳房に手を伸ばし、やわやわと揉み捏ねる。

「アン……」

乳房を弄られながら、愛花が喉奥まで肉棒を頬張った。内頬を男根表面に密着させ、舌全体でペニスを余すことなくねぶり回す。

彼女も感じているのだろう、汗ばんだ尻を小刻みに震わせている。

圭介の手がさらに強く乳房を揉みしだき、ツンと勃った乳首を摘まみあげた。

「ン……」

愛花はペニスを吐きだし、

「……もう、限界……欲しくてたまらない」

圭介の答えを待たずして半身を立てると、愛花は片足ずつゆっくりと圭介の体をまたぎ、ひざ立ちになった。

（おお、愛花さん自ら、上に乗ってくれるなんて）

圭介は、騎乗位の姿勢を取る美しい女教師に目をみはる。

尻から続くくびれた腰、丸々とした椀型の乳房にピンと勃った赤い乳首。男に貫かれる寸前の愛花は、期待に満ちた表情で潤んだ目を向けてきた。

下から見あげた圧巻の光景に、圭介のペニスがもうひと回り膨らんだ。

「ごめんなさい……はしたない女で」

愛花はそそり立つ勃起を握ると、女陰にニチャニチャとこすりつける。

狙いをさだめ、一気に腰を落としてきた。

ズブズブ……ッ!!

「はぁぁあああっ」

「おおっ」

愛花が乳房を跳ねさせながら、のけ反った。

亀頭が熱い潤みに包まれた。潤沢な愛液に勢いづいたペニスはいとも簡単に肉ビラをめくり、粘膜をこじ開け、子宮口付近まで到達した。凝縮したヒダが男根に絡み、吸いつき、ざわついているのがわかる。

「うっ……愛花さん」

「ああ……奥まで入ってる……すごい」

忘れていた感覚だったのだろうか。愛花はへそあたりを両手で押さえて「ここまで届いてる」と声を震わせた。

むろん、へそまで到達するほど圭介のイチモツは長大ではないが、そこまで強い衝撃を感じている事実に悦びが増してくる。

「はう……いいっ」

愛花は圭介の腹に両手をつき、ひざ立ちの状態で腰を上下し始めた。

クチュッ……ジュブッ……。

「ああ……この感覚……すごい圧迫……」

うっとりと圭介を見おろす愛花の視線は、すでに焦点を失っているかに見えた。

恍惚に浸りながら腰を振るたび、乳房が上下に弾み、谷間を伝う汗の跡が窓から差す光に反射した。陰毛がこすれる音と相まって、卑猥な音色が響きわたる。

ズブッ……ズブズブッ……!!

愛花の腰の動きが速度を増していった。

大ぶりの肉ビラが男根に吸いつき、ペニスへの摩擦や圧迫以外にも、鳥肌が立つほどの快楽が襲いかかる。

「おううっ」

圭介が叫んだのは、愛花の手が胸元に伸びて乳首を摘まれたからだった。

キュッとひねられると、痛み寸前のくすぐったさが得も言われぬ心地よさを運んでくる。

「ン……圭介さん……」

圭介の乳首を弄りながら、愛花はゆっくりと上体を伏せて覆いかぶさってきた。

チュッと唇に接吻されたと思ったら、愛花は舌を伸ばして、圭介の唇からあご、そして首筋に唾液をまぶすように舐めてくる。

「汗でしょっぱいわ」

そう微笑を漏らし、圭介の乳首を口に含んだ。

「ンンッ……」

圭介が呻く。

愛花は小さな乳首をもてあそぶように、舌を上下左右に蠢かせた。

乳首が敏感なのは男性も同じらしい、愛花の口の中でムクムクとしこっていく。

「……っ」

「うっ……愛花さ……」

圭介の声を無視し、愛花は指先で乳首を弄ったまま、もう一方も口に含んだ。

両方の乳首が交互に刺激を受けるたび、圭介はくぐもった唸りを漏らし、身をよじらせた。

「ああ……ぅ」

圭介は情けない声で呻くばかりだった。

しかし、それも長くは続かなかった。

愛花自身が腰を再び揺らして上半身を起こすと、両脚をぐっとM字に開いたのだ。

（おおっ）

結合部があらわになり、圭介は息を呑んだ。

ペニスが貫く女陰は洋紅色に充血し、生き物のようにヒクついている。その淫靡な光景は圧巻だった。

愛花は、圭介の腹に添えていた両手を脇腹にずらして、まるで性器の抜き差しを見せつけるように腰を上下に振り立ててきた。

ズジュッ……ズジュッ……!!

「あああっ……はうっ」

陶酔しきった声が室内に響き、ベッドがギシギシときしむ。

愛液まみれのペニスが姿を現しては、再び膣内に呑みこまれていく。

興奮のせいか、愛花の薄い陰毛は逆立ち、あふれる女汁が圭介の下腹を濡らしていった。

「ああ……気持ちいいの」

愛花はグワンと腰を右に回した。

「ううっ、くうっ」

次は左回りにグラインドさせる。

男根に強い圧迫感がかかり、下半身が持って行かれそうになる。

「ァ……いいっ」

愛花はすっかり陶酔しきった表情で、腰を揺すり続ける。

ペニスは緊縮する女肉に引きしぼられ、凄まじいうねりに責め立てられた。強烈な圧に圭介の肉棒は翻弄されるばかりだ。

ズブッ……ズブズブッ

その後も、愛花は右へ左へと腰をグラインドさせた。

圭介の太腿に手をつき、やや後ろのめりになって卑猥に腰を回してくる。

「ごめんなさい……私……いやらしい女……ごめんなさい」

そう哀切に告げながらも、腰の動きは止まらない。

右回り、左回り、そして上下、前後に蠢かせては肉棒を貪った。

(すごい……愛花さんがこんなにエッチだったなんて)

やはり聖職者は品行方正でいる分、一度タガが外れたら、凄まじく淫蕩なのかもしれない。

「ううっ」

ペニスがいっそう激しく締めつけられた。

快楽が背筋を走り、脳天へと這いあがっていく。

(くそ……ああっ)

圭介が射精だけはするまいと必死に下腹に力を入れていると、愛花はペニスを支点に、少しずつ右方向に体をずらし始めた。

（えっ……なんだ）

圭介の左腿を愛花の右脚がまたぐと、ペニスが数センチめりこんだ。

「ああっ……ん」

愛花はぐらついた身を支えるため、圭介のひざに摑まって、さらに体勢を右方向へと回っていく。

（愛花さんが……まさかこんなことを）

驚く圭介の目前で、愛花は左脚も移動させ、男根に串刺されたまま、完全に後ろ向きになった。

（こ、これって……背面騎乗位？）

愛花はまるで背後の圭介に見せつけるように、M字開脚のまま、わずかに上体を前のめりにさせる。

尻が浮きあがると、野太い男根が女唇を貫いている光景があからさまだ。

放射状に皺を刻むアヌスのすぼまりとともに、肉の輪がペニスの太さまで広げられ、ヒクヒクと蠢いている。

「ねえ、見えてる……？　私たちがつながっている場所」

愛花はわずかに尻を揺すった。

彼女の表情はわからないが、淑やかな美貌に妖艶さを滲ませていることだろう。

「み、見えてます……なんていやらしい」

眼前に映る肉色の物体が、生き物のように吸いつき合っている。

愛花の尻がゆっくりと持ちあがり、ぬめる肉幹があらわになる。亀頭ギリギリの位置まで持ちあげると、ふたたび尻を落とした。

ズジュッ……！

「はあッ」

愛花の背中がビクッと震えた。

「あ、愛花さん……」

「ちゃんと見ててね。目を逸らしちゃいやよ……」

わずかに横顔を見せると、愛花はM字の体勢でいくども腰を上下させる。

ズジュッ、ズジュッ……!!

圭介は目の前で自分のイチモツが愛花の膣口に呑みこまれては現れ、顔を出しては消えていくさまを、呼吸も忘れて見入っていた。

「ああ……キツイ……だんだんキツクなってくるわ」

尻を落とすと、愛花は粘膜をさらになじませるように艶めかしく腰を左右に動かした。肉付きのいい尻丘にできるエクボのへこみも、ひどく生々しい。

そのうちM字の体勢が疲れたのだろう、彼女はひざをつき、圭介の足先に手を伸ばした。

「圭介さん、右ひざ……少しだけ曲げて」

「えっ……こ、こうかな」

言われたとおり、ひざを曲げる。

愛花は摑んだ圭介の爪先を引きよせた。

チュポッ……という唾音とともに、親指が生温かな感触に包まれる。

(えっ……まさか)

その、まさかだった。

愛花は「ンッ……ンッ」と甘く鼻を鳴らして、口に含んだ親指をねぶり回してきたのだ。

「あ……ぁあ」

「足の指、気持ちいいでしょう？　前に小説で読んで、ちょっと興味があったの」

再び口内に親指を戻して、飴玉のように吸いしゃぶられると、くすぐったいような、なんとも言えない恍惚感が這いあがってくる。

「うう……」

親指だけではない。愛花は人差し指、中指も順番に口に含んでは、レロレロと舌を絡めてくるではないか。

再度、親指に戻ると、親指と人差し指の間の水かきの部分までねぶってくる。

まるで、足指を清めるように、丹念に唾液をまぶして──。

「ァ……汗で汚いよ……」

今さらながら、圭介が足を引こうとすると、

「ダメ……」

愛花はグッと摑んで残りの薬指や小指まで舐めまわした。

ピチャッ……チュッ……。

「こ、こんなことされたの……初めてだよ」

「反対の足も舐めさせて。男の人の足の爪って分厚くて硬いわよね」

愛花はもう一方の足の指も一本、一本口に含み、舌でしゃぶり転がした。

その手慣れた様子から、このようなプレイは初めてでないことが察せられる。

男の足の指を舐めるのが好きなのだろうか。

いや、それだけではない。ペニスを支柱とした背面座位への流れも、手慣れた感じが否めない。

愛花は久しぶりのセックスだと言っていた。どれくらいの期間かはわからないが積もり積もった欲求を、今こうして満たしているのかもしれない。

チュプッ……クチュッ……。

「クフン……」

唾液まみれになった足指は、瞬時に温度を失ってひんやりとする。その落差も心地いいが、なによりも品行方正な愛花の舌にねぶられている倒錯じみた思いが、圭介を昂らせていた。

「ン……美味しい」

すべての指を舐め終えて満足したのか、愛花はぐさりと刺さったペニスに意識を向け直したようだ。

上体を起こすと、右脚で圭介の右腿をまたいで、ゆっくりと右方向に移動しはじめた。動くたび、ペニスを包む膣壁の圧や角度が微妙に変わり、新鮮な愉悦がもたらされる。

気づけば、室内には汗と性臭が充満しきっていた。

（すごいな……これで一周したと言うわけか）

目の前には愛花が微笑をたたえていた。Ｍ字ではなくひざを落とした体勢である。

圭介も起きあがる。

対面する愛花の乳房を両手ですくい、揉み捏ねると、

「ァ……」

愛花は肩を震わせ、唇を突きだしてキスをねだってきた。

直前まで自分の足指を舐めていた口唇だが、ちっとも不快感はない。唇が触れる瞬間、圭介は口もとのホクロをそっと舐めて、接吻する。乳房を揉みしだきながら、舌を絡ませ、唾液を啜る。

「ン……ンッ」

愛花があえぐたび、女襞がヒクヒクとうねり、ペニスが押し揉まれた。

先ほどとは違う母性を感じさせるような、慈愛に満ちた収縮だ。

「愛花さん……すごく気持ちいいよ」

「私も……苦しいくらい、気持ちいい」

キスを深めながら、圭介は乳房を捏ね、やわやわと手指を沈みこませる。

予想外の激しいセックスとは裏腹に、その口づけと乳肌、ペニスを包む肉襞の感触はどこまでも柔らかく、たおやかで、愛花の優美な一面を体現しているかのようだ。女教師でも人間へリコプターをするという驚きや男に仕込まれたのかという疑問、隠された過激さ——女性は内面に様々な情熱や淫蕩さを抱えているのだと強く感じてしまう。

「ン……圭介さん……そろそろ」

愛花がキスを解いた。

その表情から、彼女が言わんとしていることは理解できた。

絶頂を迎えたいのだ。

(最後は正常位がいいな)

圭介は一度結合を解き、愛花を仰向けにさせた。

スラリと伸びた脚の間に、ひざ立ちになる。

赤くただれた女の祠《ほこら》に亀頭を突き立て、蜜をなじませた。

「愛花さん、いきますよ」

圭介は愛花のひざ裏を抱えこみ、一気呵成に腰を送りこんだ。

猛々しく反り返るペニスがズブズブッと胎内を貫く。

「はぁぁあっ」

「おうっ」

愛花がシーツを摑んでのけ反った。

先ほどまで愛花にイニシアチブを取られていたが、ここからは自分がリードしなくてはという使命があった。エネルギッシュな胴突きを浴びせると、愛花は身をのたうたせ、眉間にしわを刻んで苦しげに表情を歪めた。

「ああっ……はあぁぁあっ！」

圭介は、女体が歓喜に彩られていくさまをしかと目に焼きつけながら、恥骨を砕く勢いで、猛烈に腰を打ちつけた。

ズジュッ……パパンッ……!!

「はあっ……すごいッ、子宮に響いてるッ」

左右に首を振り、ボブヘアを汗ばむ頰に張りつかせたまま、愛花は男に激しく貫かれる悦びに浸っている。

「まだまだですよ」

先ほどのお返しとばかりに、愛花の両脚を肩に担ぎ、女体をくの字型に折り曲げた。

「きゃあっ」

愛花の尻が浮き、互いの性器と性器が溶けあうほど、粘膜がグッと深まりを増す。

丹田に力をこめて、立て続けに乱打を見舞った。

「愛花さん、僕を見てください」

絞りだすように告げると、愛花は閉じかかる瞼を必死に持ちあげた。濡れた唇と口もとのホクロがいっそうエロティックに映る。

互いの視線を絡めたまま、

「おかしくなるッ……ああ、圭介さん……私、私……」

シーツを握っていた愛花の手が、圭介の太腿に爪を立てる。

「愛花さん、おかしくなってください。もっと感じて！」

「はぁ……気持ちいい……ッ」

必死に圭介の太腿に爪を立て、叩きこまれたペニスを締めあげてきた。

圭介も怒濤の勢いで乱打を浴びせる。

「ああっ……もうダメッ、私、イキそう……ッ」

「おううっ」

「圭介さんと一緒にッ……はぁあぁあっ！」

パパンッ、パパンッ……ジュブブッ！

激しい肉ずれの音と互いの咆哮が重なり、まもなく訪れるであろう絶頂の大波が牙を剝く。

「あぁーーっ、はぁあーーっ」

太腿を握っていた愛花の手が、圭介の手を強引に摑んで引きよせる。

見つめあい、しっかりと組まれ指から鼓動が伝わってくる。

「ああッ……もう許して……ッ！」

緊縮する媚肉が、激しい締めつけでペニスを引きずりこむ。

まばたきすら忘れて血走った目を見開いたまま、圭介はクライマックスに向けてとどめの一撃を穿った。

「はぁああっ、イク、イクぅーーー！」

愛花がガクガクと身を揺すり、全身を痙攣させた。

直後、

ドクン、ドクン、ドクドクッ――‼

「くううっ」

肉の鉄槌を浴びせ、脈動が続く中、二人はエクスタシーの階段を一気に駆けのぼった。

ゴソゴソと響く物音に、圭介が重い瞼を見開いた。

「……ン……あれ？」

まどろみから目覚めると、

「あ、起こしちゃったわね、ごめんなさい」

メガネをかけた女性が、振り返った。

それがスーツに着替えた愛花だとわかるまで、数秒を要した。

「い……いや」

圭介は乱れたシーツで下半身を覆い、身を起こす。

アクメに達したまま寝てしまったのだと思いだし、目の前の愛花をまじまじと見つめる。

乱れた髪とメイクはキレイに整えられ、先ほどまでベッドで乱れていた女性とは思えない。どこから見ても聡明な女教師然としていた。

愛花は腰を屈め、

「お礼のメモだけ残して帰ろうと思ったんだけど、バッグの中のペンが見当たらなくて、探していたら起こしちゃったわね……ごめんなさい」

「いや、こっちこそ……寝ちゃって……ゴメン」

バツの悪さもあって、さりげなく視線をベッド脇のデジタル時計に流すと、二十三時を示していた。

「あ、あの……愛花さん、俺……」

圭介が言うべき言葉を探していると、愛花はニッコリ笑った。

「ありがとう。圭介さんのおかげで、自分もまだ枯れてないんだって、少しだけ自信が持てたわ」

「え……」

「また、あの温泉で会うかもしれないわね。じゃあ、また」

踵を返し、さっそうとドアに向かう愛花の背中は、清々しいほどの自信が感じられた。

ドアノブを回す音が響く。

ドアが閉まる瞬間、振り返った愛花は、もう一度笑みを向けてきた。

「本当にありがとう」

そこには「女」を取り戻したらしき、自信に満ちた愛花の姿があった。

ドアが静かに閉められる。

圭介は少しだけ切ない思いに浸りながらも、どこかホッとして、愛花の柔らかな肌の感触を思いだしていた。

第五章　仕返しはセックスで

1

「オヤジさん、焼酎ロック、追加ね—」

「こっちは串盛りセットに冷ややっこ、あ、メンチカツも」

「ご馳走さん、また来るよ〜！」

午後八時、ビジネスマンの声が飛び交う居酒屋。

圭介は同期の徳田とカウンター席でビールジョッキを傾けていた。

代々木のオフィスから近いここは、二人が入社当時から通っている店だ。

カウンターが八席にテーブルが三卓。老夫婦が経営する素朴な雰囲気が居心地よく、今夜もビジネスマンを中心とした常連客で満卓である。

圭介たちはテーブル席で、ナスの煮びたしやマグロのブツ、串盛りセットを肴に酒を呷っていた。

「圭介、最近脂が乗ってるって感じだぞ」

徳田がニヤケながら二杯目のビールを流しこんだ。

「いやいや、お前には負けるよ。アソコの先が乾く間もないだろう」

圭介も即座に言いかえして、ネギマを頬張る。

「まあ、当たってるけどな。ははっ」

「羨ましいよ、お前みたいに女遊びをきちんと割りきれる人間が」

「言っただろう？　リスキーな独身女と違って、人妻っていうのは安全なんだ。守るべき家族、帰る場所があれば、お互いいとこ取りでセックスに没頭できる」

徳田は当然のように、持論を述べた。

「でも……情が湧くことだってあるだろう？　それに家族への罪悪感は？」

「どっちもないね。特に家族に対してやるべきことはちゃんとやってる。そもそも女房以外とのセックスがあるから仕事のモチベーションだってあがるし、家族も大事にできる。うまくバランスがとれてるんだ」

「なるほど、バランスか」

圭介はこれまで抱いた人妻たちを思い浮かべた。言われてみれば多くの女性とセックスし、絶頂に導くことで男としての自信や充足感を得ていたし、仕事のパフォーマンスもあがったように思う。

浮気癖のある人間は、その後ろめたさから家族サービスもマメで、仕事も精力的に打ちこめるという説は確かに納得できる。

「まあ、正論と言えば正論だよな」

「だろう？　家族愛って言うのは、心や神経を鎮静化させるものだ。でも、女房以外とのセックスは心身を昂らせるもの。つまりエネルギーだよ。仕事するのも、家族を守るのも、生きることだってエネルギーは必要だものな」

「あ、ああ、そうだな」

徳田の言葉には説得力がある。

これが営業マンの説得術というものだろうか。

「ところで、圭介はフェイスブックなんかのSNSはやってないよな？」

「え、ああ……既婚者合コンの連絡先交換で使うLINEのアカウントは取ったけど、フェイスブックやツイッターはいっさいやってないよ」

「それはよかった。言い忘れてたから、安心した」

徳田は三杯目のビールを注文した。

「なにかあったのか？」

圭介の言葉に、徳田は眉をひそめた。

「実はフェイスブックやツイッター上にアップした写真でトラブルになることがあるんだ」

「ん？　詳しく教えてくれよ」

「とある男性参加者が、肉体関係を持った女性のフェイスブックを検索して、そこで笑顔で写る夫や子供たちとの画像に激しい嫉妬を覚えてストーカー化したという情報があってな……だから、フェイスブック等のＳＮＳはやらずに、連絡先交換のみのＬＩＮＥだけにしたほうが賢明だ。ＳＮＳは危険だからやめておけよ」

「ああ、わかった」

「絶対だぞ」

徳田は念を押す。

「わかってるよ。会社で一日中パソコンと向き合ってるんだ。プライベートまでSNSはやりたくないよ」

SNSはやっていなくとも、香澄との連絡だけはLINEで細々と続けていた。相変わらず他愛ない近況報告だが、こちらからアクションを起こしたほうがいいのか、正直迷っている。

(二人きりのデートに誘うべきか、もしくは日時を決めて、同じ合コンに参加することだって可能だよな……ただそうなると、香澄さんの目が気になって、他の女性との会話に気を遣いそうだしな……)

圭介はビールを呑む手を止めた。

「あの……素朴な疑問なんだけど」

「なんだ?」

「徳田は合コンで寝た相手と、プライベートで会うことってあるか?」

率直に訊いた。

「うーん、人によりけりだな。体の相性が良くて、きちんと距離感を守ってくれるタイプなら、何回か個別にデートしたことあるよ」

「その間は、合コンは行かないのか?」

「ははっ、なに言ってんだ。そこまで義理立てする必要はないだろう。いい人妻がいそうなパーティには堂々と参加するさ」

「そ、そうか……もし、そこで寝た相手と偶然会ったら？」

「その時のタイミングだな。もう一度寝たいと思ったらベッドに誘うし、もっといい女がいたら、そっちにアタックする」

「ええっ、そうなのか」

「当たり前だ。大切な資源をムダ打ちしたくないだろう」

徳田はジョーク交じりでビールを呷る。

「まさに狩人だな。感心するよ。で、トラブルとかはないのか？　それこそストーカーになる女とか」

「そこなんだよ！　その見極めが大事だ。人妻だって捨て身になったら、そりゃ怖いよな。だから、トークタイムの段階でちゃんと観察しておく。『こいつ危ないな』って感じる女には手を出さない。第六感というか、センサーが反応するんだよ」

「営業職の観察眼ってやつだな」

圭介は身を乗りだした。

「そうだな。でもフラれることだってあるぞ。せっかく男女の関係になったのに、連絡しても返信がない場合もある」

「そんな時は？」

「二、三回、連絡して返信がなければ『ゲーム終了』と思って、その女性は追わない。例え、偶然合コンで再会しても、軽い会釈ていどだよ。実にあっさりしたもんさ」

「そうか……」

「家族がいるんだから、深追いは禁物だ。既婚者合コンのメリットは、その時だけ男と女になって……いや、オスとメスになって青春を取り戻せるという点だ」

「でも『Jドリーム』の木村栄子社長は『セカンドパートナー探し』って……」

「あんなのキレイごとに決まってるだろう。俺は端的にオスとメスに戻ることだと思うよ。ただ、さっきも言ったように、ストーカー化する人間だっているから、そこだけは気をつけないとな」

「ああ……そうだな」

「特に圭介は真面目で内気なタイプだから、気をつけろよ。俺のように遊び人のチャラさをさらけだしたほうが、女も理解して接近してくる」

「なるほど。不倫して叩かれる芸人と、笑いで済まされる芸人の違いか」

「そうそう、誠実さやイクメンパパで売ってる芸能人ほど、不倫報道で叩かれるだろう？　でも、普段から『女は芸の肥やし』的な芸風でいれば、いざ不祥事を起こしても、マスコミだってさほど攻撃しない。要はイメージだよ」

「お前と話してると、本当に勉強になるよ」

　圭介はしみじみとうなずいた。

　合コンに参加してからというもの、香澄、美玖、小夜子、愛花の四人の人妻と関係を持った。

　美玖と愛花には連絡先を訊けなかったが、香澄とは時々ＬＩＮＥをする仲だし、小夜子とも帰り際、アドレスを交換できた。

（そうだ、あの夜──）

　小夜子とバルコニーでバックからハメている時に、隣でも妻の英里が男と戯れていた。

　顔をはっきり確認したわけではないが、三十三歳の英里よりもかなり年上──五十代くらいの男性だと察した。

　怒り任せに穿ちまくった。

これが怒りマラだと思うほどの荒々しさで、いくども小夜子を貫いた。

その後、同時に果てた——バルコニーの窓を開け放ったまま二人でベッドに倒れこんだ。

「そういや、圭介、カミさんとはどうなった？」

「ああ……そ、そうだな」

圭介は口ごもった。

離婚に向けて本格的に動き出した英里が、まさか、他の男とホテルで不倫だなんて——。

（徳田にはとても言えないよな……英里の件を話せば、当然、小夜子さんとのことも打ち明けなきゃいけないし）

圭介が返答する前に、徳田は理解したと言わんばかりに、

「まだ、戻ってこないんだな」

「……ああ」

「前に週刊誌でチラッと見たけど、けっこう料理ブロガーとして人気だそうだな」

「ああ、実は離婚したいと弁護士から連絡があった」

「本当か？」

「経済力や人気を得ると、人間って本当に変わるんだな。身につまされるよ」

現実を突きつけられて、圭介は力なく肩を落とした。

「圭介には何の落ち度もないじゃないか。ＤＶもなければ経済的締めつけ、精神的苦痛だってゼロだろう？」

「まあね……でも、向こうは向こうの言い分があるんじゃないか？　食事に関してかなりうるさく言われてたからね」

「……にしてもなあ。もし離婚するなら、こっちに有利な条件で別れるべきだよな」

徳田の言葉に、圭介は大きなため息をつく。

別れるにしても、やり直すにしても、早いタイミングで決めなくてはいけない。

（もう、どうすりゃいいんだ）

圭介がビールの追加をしようとした時、メールの着信音が鳴った。

ポケットからスマホを取りだすと、なんと小夜子からＬＩＮＥである。「先日はありがとうございました。また呑もうね！」という文言とともに、画像が添付されている。

画像をクリックして、

「えっ！」

圭介は素っ頓狂な声をあげた、

「どうした？」

「い、いやっ、なんでもないよ……あっと、トイレ！」

慌てて化粧室の個室に駆けこみ、送られた画面をまじまじと眺めた。

そこにはあの夜、小夜子が激写した英里と男の写真が多数添付されていた。

腕を組む姿はもちろん、回転ドアからホテルに入る瞬間、そしていつの間に撮ったのだろう、バルコニーでバックから貫かれる画像まであるではないか。

（これって……）

圭介はスマホをグッと握りしめた。

2

自由が丘にある圭介の自宅マンションでは、重苦しい空気が立ちこめていた。

弁護士を通して「離婚に向けて前向きに話しあうから、妻と二人きりで会う機会がほしい」と告げたところ、英里はひとりでやって来たのだ。

久しぶりに会う英里は、メディアの世界で活躍する洗練を存分にまとっていた。

ロングヘアにエキゾチックな顔立ちは、薄化粧でも十分すぎるほど美のオーラを放ち、食を気遣う職業柄、肌はきめ細かく、スリムなスタイルをキープしている。

洋服や小物もハイクラスなものへと変わり、ブランド物と思しきターコイズのワンピースが、いっそう白い肌を際立たせていた。

（遠い人になったな……）

ダイニングテーブルを挟んだイスに座って相対するが、二人とも押し黙ったままだ。

夫婦なのに、どこか違う世界の女にも見えてしまう。

「――で、離婚届に判は押してくれるんでしょうね」

英里が抑揚のない声で言った。

「その前に、これを見てくれよ」

圭介はテーブルに五枚の写真を置いた。

決して感情的になるまいと思っていても、いざ写真を見ると怒りがよみがえり、つい棘のある口調になってしまう。

「あっ」

英里が慌てて写真を奪いとり、手元でまじまじと見る。

とたんに顔を紅潮させ、唇を震わせた。

「な、なに……この写真……?」

「それは、こっちが訊きたいくらいさ」

写真は、小夜子から送られた画像をより鮮明に加工してプリントアウトしたものだ。ITに詳しい圭介にとって容易な作業である。

いま、彼女が手にしている写真は、二人が夜の銀座を仲良く腕組みする場面からホテルに入る瞬間、エレベーターに乗る瞬間、最後はバルコニーでバックから貫かれる光景が撮影され、彼女の乳房や表情までもがはっきりと映しだされている。

揺るがぬ証拠を突きつけられ、言葉を失っている英里に、圭介はさらに畳みかける。

「なにか言うことあるだろう?」

「……」

「その女、英里だよな？」

「……」

英里は唇を結んだまま、なにも話さない。

この写真がどのように撮影されたのかすら、疑問に思わないほど動揺している。

うつむいたまま、口を割らない英里に痺れを切らし、

「相手の男も調べたよ……所属事務所の社長の……」

「やめて！」

ヒステリックな声が返ってきた。

「人気上昇中の料理ブロガーが、まさか事務所の社長と不倫とは呆れるよ。体と引き換えに売りだしてもらったってわけか」

「ち、違う……」

「まあ、どうでもいいよ。お前が不倫してる証拠はつきとめたんだ。この写真をばら撒いていいなら、離婚に応じてやるさ。スキャンダルのオマケつきだけどな」

圭介は吐き捨てるように告げた。

「やめて……それだけは」

英里は手にした写真を、ぐしゃりと握りつぶした。

「別に破り捨ててもいいんだぜ。こっちにはデータがある」

「うっ……」

英里は眉間に深い皺を刻み、写真を握った拳を震わせている。

前向きに離婚を考えてくれるはずが、まさかこのような展開になるとは想像もしなかったのだろう。

「お願い……」

先ほどのヒステリックな態度とは一転、英里は涙声になった。

「お願い……公開するのだけはやめて……」

まっすぐに圭介を見据えた瞳から、一筋の涙がこぼれ落ちる。

苦渋の表情をしても、彼女は美しかった。

洗練された女が懊悩する姿を前に、圭介の下腹は熱い痺れが広がっていた。

勃起である。こんな状況にもかかわらず、いや、こんな状況だからだろうか、言いようのない興奮が体の奥底から漲ってきた。

「……脱げよ」

自分でも意外な言葉を口にしていた。

「え……？」

英里は涙も拭わず、大きな目を見開いた。

言っている意味が理解できないという表情で、唇をポカンと開けている。

圭介自身、四人の人妻と関係を持ってから、なにかが変わっていた。特に、小夜子との情事の際には自分が持つサディスティックな側面があることも知った。

うまく説明がつかない。

それでも口を衝いて出る言葉は容赦なかった。

「そこに立って脱ぐんだ。あの男の前でも裸になったんだろう？　夫の前で脱げないわけないよな」

ダイニングに冷徹な声が響く。

「な、なに……あなた、なにを考えてるの？」

紅潮した顔から、みるみる血の気が引いていく。

青ざめ、怯えた表情でも、その美しさは変わらない。

哀切な美を全身から醸しだしている。

だからこそ他人の手に抱かれたことが許せない。思いだすだけで、腹底のどす黒い怒りがよみがえってくる。

「本気も本気さ。俺の目の前で裸になるんだ。言うとおりにしないと、あの写真をネットでばらまくよ。いや、写真週刊誌に売りつけてもいいな。売りだし中の料理ブロガーの大スキャンダル、しかも事務所の社長と不倫だ。大スクープだろう」

「ひどい……あなたが、そんな人だったなんて……」

「いいから早く裸になれ。俺は本気だからな」

威圧的な口調に、英里は苦渋の表情をさらに歪めた。

もう逃れられないと悟ったのか、イスを引き、ゆっくりと立ちあがる。

しばらくためらっていたが、観念したように手を背中に回し、ワンピースのファスナーをおろし始めた。

ジジ……ジジ……。ファスナーの音が響く。

「うっ……う」

眉根を寄せ、嗚咽を漏らす英里を、圭介はイスに座ったまま高みの見物状態だ。

両肩から袖が抜かれ、

パサリ——

ワンピースが落ち、ルームサンダルを履いた足元に花びらのように広がった。

手のネイル同様、素足のペディキュアも落ち着きあるピンクに彩られている。

スリムな体にまとっているのは、ラベンダーカラーのランジェリーだ。

刺繍やレースが施され、ノーブルな上品さを際立たせている。控えめなDカップの膨らみに、くびれた腰、形よく盛りあがるヒップを久しぶりに間近で目にした。

それ以上に、不貞の妻を言いなりにさせる行為に、得も言われぬ悦びを感じる。

「相変わらず手入れが行き届いた体だなあ。さあ、早く下着も」

「ど……どうしても脱がなきゃダメなの？」

「いやなら、こちらも好きなようにさせてもらう。それだけだ」

英里は頼りなく肩をおとした。

が、心を決めたように背中のブラホックに手をかける。

羞恥と恥辱のせいか、肌が見る間に朱に染まっていく。

いくら夫でも、このような形で無理やりヌードをさらすのは、屈辱以外の何物でもないだろう。

ブラのホックが外れ、乳房にフィットしたブラカップがふっと浮きあがった。

肩紐を両肩から抜き、カップを外すと、丸みある形のいい乳房がまろびでる。

サイズは控えめだが、先端には薄桃色の乳首が花の蕾のごとく勃っている。

圭介の勃起がもうひと回り膨らんだ。

「ほお、これがあの男に愛された乳房か」

「や……やめて」

「嫌がる割には、もう乳首が勃ってるぞ。早く下も脱ぐんだ」

「……ああ」

英里は腰を屈め、躊躇しながらもパンティ脇に手をかける。

命じられたとおりにしなければ、写真を封じる手段はないと、すっかり観念したようだ。

ふっくらした恥丘に食いこんだショーツを太腿までおろすと、昔と変わらぬ逆三角の黒々とした性毛が露出した。照明を受け、艶やかに繁茂している。

「く……」

声を震わせるたび、乳房がわずかに揺れる。

英里は羞恥に顔を歪めながらパンティを足首から取り去り、一糸まとわぬ姿になった。片手で乳房を隠すように身を縮め、もう一方の手は恥毛を隠し、太腿をよじり合わせる。

きれいだった。

この女が所属事務所の社長に貫かれていたのだと思うと、サディスティックな感情がこみあげてくる。

「も、もういいでしょう……許して……」

英里は身を縮めた姿勢で許しを請うが、圭介の気持ちはむしろ昂っていく一方である。

まだまだ罰し、いたぶりたい気持ちが津波のごとく湧きあがってくる。

「なに言ってるんだ。お前は俺を裏切ったことを忘れたのか?」

「う……」

「テーブルに手をつけよ。尻を後ろにつきだして、オナニーするんだ」

「な、なんですって……ッ!」

「昔、なんども俺を挑発してきたよな」

「……っ」

新婚当初、英里は自ら裸になって圭介の前に現れ、セックスを誘ってきたことがいくどもあった。尻を突きだし、オナニーを見せつけられて、そのままバックから挿入したことも一度や二度ではない。

「嫌なら、やめてもいいんだ。そのかわり……」

「わ、わかった。やるわ……やるから」

「じゃあ、俺はソファーで見てるよ」

圭介は冷蔵庫から缶ビールを取りだし、キッチンから続くリビングのソファーに腰を沈めた。ちょうど、テーブルに手をつく英里を斜め後ろから眺める位置である。

プルトップを開け、渇いた喉に一気に流しこむ。

3

「早くしろよ」

その声に、英里は後ろを向いてダイニングテーブルに手をつき、尻を突きだして脚を広げた。

持ちあがった尻の丸み、そして引きしまった太腿から伸びるスラリとした脚が、逆V字に開いている。

尻丘のあわいには、真っ赤に濡れた女の花が、煌々とした照明を受けて卑猥に咲いている。そして、セピア色の排泄のすぼまりもがはっきりと息づいていた。

いくども目にしては舐めしゃぶり、つながった女陰だ。なのに他の男のチ×ポに穢されたというだけで、許しがたい感情が湧きおこってくる。

「ほら、早く手マンするんだ。昔のようにオナニーしてみせろ」

「ううっ……」

英里は左手をテーブルについて体勢を整えると、右手を前から股ぐらにくぐらせた。

中指で花びらを掻き分けると、
クチュリ……。

アーモンドピンクの肉ビラがめくれあがった。

指はゆっくりと浅瀬を掻き回し始めた。縦溝に沿って前後に動かしていた指が、しだいにあふれる蜜液でなめらかな動きになっていく。

「あ……」

ピチャピチャ……と水音が響いてきた。

「い……いや」

そんなつもりじゃないと言いたいのだろうか。拒絶の言葉とは裏腹に潤いが増し、粘着音が明瞭になっていく。

震える背中と尻には汗が噴きだしていた。乳首もツンと尖りを増している。ふいにビクビクッと体を痙攣させる様子から、クリ豆も弄っているのかもしれない。

感じまいとしているようだが、体は敏感だ。

抑えきれない情欲が身の底から湧いている。

「指をツッコめよ。オマ×コ、おっぴろげて見せろ」

「くっ……」

英里は屈辱に唇を噛みしめたが、圭介の言葉を待っていたかのように、すっかりめくれた肉ビラの中心に、指を突きたてた。

ズブズブッ……!!

「はあ……ッ」

濡れた中指は、見る間に膣肉に呑みこまれていった。

「いきなり根元までズッポリか。とんだ淫乱ブロガーだな。包丁や食材を触る指でオマ×コ搔き混ぜて、あの社長もたぶらかしたんだろう」

「……ううっ……やめて」

「指の動きを止めるな」

圭介は膨らむ股間をズボンの上からこすりながら、罵声を浴びせた。

恥辱に満ちた行為であっても、彼女は決して指の動きを止めない。

むしろ、背中を反らし、尻を突きだして、自ら感じようとしているかに見える。

ジュブッ、ジュブッ……!

膣上部のGスポットを掻きこすっているのだろうか。抜き差しするたび、尻がビクッと跳ね、卑猥な水音もはっきりと聞こえてくる。

「ンッ……ンンンッ……」

愛液にコーティングされた指は、徐々に速度を増していた。

しかも手首のスナップを効かせているせいか、ヌチャヌチャという粘着音も響きわたった。

「ああっ……」

尻を揺すりながら、英里はぐっとつま先立ちになった。

圭介の位置からは指の出し入れが、より鮮明に見えている。

(すごい……)

もはや見られていることなど忘れたかのように、ハアハアとあえぎを漏らしながら、うわごとのように「ダメ……いや」とくりかえして自慰に耽っていた。

引きつらせた頬をいっそう生々しい朱赤に染めあげ、こんこんと湧きでる女汁を噴きこぼしながら、激しく指を蠢かせている。

同居している間も半年以上はセックスレスだったものの、圭介にとって、こんなハレンチな妻の姿は初めてかもしれない。

しかも、いつの間にか指が二本に増えている。

中指と薬指だ。

ズチュッ……ズチュッ……！

「はううっ」

英里は細いあごを突きあげた。

背中をガクガクと震わせ、汗を噴きだしながら、必死に指を出し入れする。

圭介は目を凝らした。

決して見えるわけではないが、鉤状に折れた二本の指が、Ｇスポットを激しくこすりあげる光景を思い描いた。

「ハアンッ……いやアッ……ダメッ」

英里は今にも感極まりそうな表情で、ちぎれんばかりに首を振る。

充血した肉ビラは膨らみ、ぬらつき、甘酸っぱい芳香をまき散らしていた。

欲求不満なのか、あの男に仕込まれたのか、いずれにせよ、圭介のほうが面食らってしまうほどの身悶えぶりなのだ。

これじゃお仕置にならないと思ったところで、手の動きは止まらない。

圭介もズボンと下着をおろして、ペニスを取りだした。

勃起はすでにギンギンに反りかえり、真っ赤な亀頭がエラを広げている。尿道口には先走りの汁が滲み、カリ首までもを濡らしていた。

「ああッ……はああっ」

英里はつま先立ちで尻を震わせ、指の角度を微妙に変えてはオナニーに没頭していた。

そんな妻の淫らな姿を見ながら、圭介も勃起をこすりあげる。

剝けきった包皮を亀頭冠にぶつけるように、赤銅色の男根をしごき立てた。恍惚感とともに、欲情と憤怒の感情が交錯していた。勃起はますます硬さを増していく。

「はあっ……ダメッ」

驚いたことに、英里が挿入する指は三本になっていた。

愛液を搔きだすほど激しく膣路を行き来させ、崩れそうになるひざを何度も立て直している。

グジュッ、グジュッ……‼

「ダ、ダメッ……いやッ」

英里はギュッと目をつむったかと思うと、次の瞬間、

「やだ……おかしいわ……出るッ、なにか出るの……いやあああッ！」

悲鳴とともに、ピュピュッ、ピュピュッと、透明な液体が弧を描いた。

圭介が目を凝らす。

バシャッ――‼

フローリングに噴きこぼれた液体が潮だとわかるまで、しばらくかかっただろうか。

「あぁ……いやああっ」

叫びながらも、英里は指の動きを止めずにいる。

ピュピュッ……ともう一度、潮を吹いた。

水鉄砲さながらに、女陰から勢いよく吹きあがる。鉤状に曲がっているであろう三本指が行き来するごとに、ブシュッ、ブシュシュッと派手な音が鳴り響く。

（うそだろ……）

夫婦のセックスでは決してありえなかったことだ。

濡れやすい体質ではあったが、潮など吹いたことがない。

「あぁッ、いいのっ……すごく……たまんないっ！」

必死に身をよじりながらも、英里は手はスナップを効かせ、粘液を掻きだすように前後させている。

「ハアァッ、イクッ……イクッ――!!」

ガクガクと全身を痙攣させた直後、ビクンと身をのけ反らせ、そのまま床に崩れ落ちた。

横たわって胸を上下させたまま、激しい呼吸をくりかえす。

圭介は勃起を握りしめていた。

すっかり変わってしまった妻に言葉を失いながらも、握ったペニスはいっそうの硬さを保っている。

（……ふざけるな……罰を与えられて、感じるなんて――）

怒り心頭のまま、立ちあがった。

ズボンと下着を脱いで、つかつかと英里に歩みよる。

4

「起きるんだ」

圭介は濡れたフローリングに横たわる英里を、無理やり抱き起こした。

汗で化粧がとれ、ロングヘアも乱れていたが、法悦を極めた表情は淫蕩な美を放っている。

しかし、その美しさが別の男に仕込まれたものならば、こんな許しがたいことはない。

「ああ、アナタ……許して……もう体が……」

目を開けることもままならないほど疲弊した英里は、唇を震わせた。

「ダメだ、俺はまだイッてない。しゃぶれ」

英里をひざまずかせ、握った勃起の先を頬に押し当てた。

「いやッ」

顔をそむけたが、あご先を摑んで前を向かせる。

強引に亀頭を口に押しつけると、

「ン……ング」

ゆっくりと広げた唇がちゅるんと勃起を頬張った。

ほとんど無意識と言っていいのかもしれない。しかし、オルガスムスに達した英里はさらなる快楽を欲するように、圭介の勃起をしゃぶってきたのだ。

「うんんっ……ぅぐぐっ」

圭介が命じるまでもなく、咥えこんだ勃起に舌を絡ませ、首を打ち振ってくる。

「く……いいぞ、すごくいい」

圭介は思わず唸った。

ここ最近知り合った人妻とは違う、懐かしい舌づかいが圭介を骨抜きにする。夫の快楽のツボを知り尽くした口唇愛撫に、事実ペニスはマックスまで肥え太っていた。

「ハアッ……うぐぐっ」

気づけばスライドに合わせて、圭介も夢中で腰を振っていた。

英里は陰嚢を揉みほぐしながら、もう一方の手で根元を支えてねっとりと舌を絡ませ、唾液とともに口腔粘膜でペニスを包みこんでくる。

カリと裏スジが交差する包皮小体を舌先でねぶることも忘れない。

料理上手は床上手という諺《ことわざ》があるとおり、英里も例外ではない。セックスとはセンスだ。

英里は常に相手の心地よさや性感帯を知ろうという性的好奇心を持ち、どの程度の力加減で刺激したらいいのかを探り、相手の立場に立って、快楽の度合いを想像していたように思う。

別居する半年以上前からセックスレスにはなっていたが、どの夫婦にでもある甘い蜜月には、様々な状況でセックスを楽しんだ。

玄関やバスルーム、ベランダ……そう、このダイニングルームやキッチンでも夫婦のセックスは行われた。

フェラチオもそうだ。英里はいつも「どこが感じる？」「これくらいの力加減がいい？」と、まるで料理の味や、スパイスの加減を訊くように、細かく圭介に訊いてきた。

過去に付き合った女性でこんなふうに訊く恋人はいなかったから、正直、最初は戸惑った。

しかし、見方を変えれば、彼女はそれだけセックスにも力を入れ、料理と同じようにもてなしの心で接していたわけだ。

ジュボッ……ジュボボ……ッ!

喉奥までグッとイチモツを突きあげると、一瞬英里はえずく。

が、それもコツをクリアしたようだ。亀頭の先を喉の上部に追いやることで、
回避できると言っていた。

「英里……こっちを向けよ……フェラ顔を見せるんだ」

その声に、英里は肉棒を咥えたまま視線をあげた。

「うぐ……」

ペニスを咥えているため、視線をあげると首と背中に痛みが走るようだ。

しかし、間延びした表情はこの上なくエロティックで、これがTVや雑誌で売りだし中の美人料理ブロガーなのかと思うと、ペニスがさらに硬化した。

「いい顔だよ。この顔を日本中のお前のファンに見せてやりたいもんだ」

「ううッ……ングッ」

いやいやと眉間にしわを刻んだが、その顔はひときわ好色さが滲みでている。

舌の動きがよりなめらかになり、根元に添えた手で肉棒を握り直すと、前にも増してハレンチな唾音とともにペニスを吸い立てた。

「うう……最高だ」

圭介は、栗色のロングヘアにざっくりと指を沈め、喉奥めがけてペニスを穿ちまくった。

ジュブッ、ジュブッ!!

「ぐふっ、ごふっ」

イラマチオとも言える強制的なフェラチオが浴びせられるも、それを拒む様子はない。

潤んだ目を向け、熱い視線を送ってくる。首筋に何本もの筋を立て、必死に口腔奉仕を続けている。

顔を真っ赤に染めあげ、時おり低く呻いては、従順に男根の抜き差しに耐えている。

「くそ……もうだめだ」

英里のフェラチオは絶品だった。

圭介さえも忘れていた快楽のツボが刺激され、あっという間に夫婦の蜜月時代へとさかのぼっていく。

睾丸がきゅっとあがり、尿管を熱いマグマが這いあがってきた。

これ以上続けば口内に射精してしまう。

「ッ……やめろ、終わりだ」

唐突に、圭介は英里の口からペニスを引き抜いた。

ハアハアと肩で息をする彼女の腕を取り、強引に立ちあがらせると、そのままダイニングテーブルに仰向けに押し倒した。

「きゃあっ！」

口許をドロドロにさせた英里の両脚を広げ、その間に立った。

「いやらしい女だな。フェラしながら、ここをこんなに濡らすなんて、どこまで淫乱なんだ」

視線を落とすと、瑞々しい花弁の奥では、女襞が真っ赤にうねり、ただれたようなてらつきを放っている。粘つく糸を引く粘膜が、男根を待ちわびるようにヒクついていた。

「まだ入れてやらないよ」

圭介は可憐なたたずまいの両乳房をグッとわし摑んだ。

「あ……ッ」

膨らみを押し揉み、腰を屈めて乳頭を口に含む。

乳房はハリと弾力に富み、柔らかに手指を沈みこませる。口の中でムクムクとしこっていく乳首が、英里の興奮を告げていた。

たっぷり乳首を愛撫してから、圭介は上体を立てた。

乳房から脇腹を伝い落ちた手で、女陰を撫で回す。

性毛は興奮に逆立ち、充血した肉ビラのあわいにはクリトリスが赤い尖りを見せていた。

クンニリングスなどしている余裕がないほど、男根は唸りをあげている。

「ぶちこむぞ」

圭介は肉幹を握り、淫裂に亀頭を押しつけた。

英里のひざ裏を抱え、亀頭を二、三度往復させると、一気に腰を突き入れた。

ズブッ、ズジュズジュ……ッ!!

「ッ……はおうっ」

テーブルをきしませて、女体が弓なりに反った。

膨らんだ花弁を巻きこみながら女陰を貫いた怒張は、深々と胎内を串刺している。これほど英里の膣内《なか》を熱く感じたのは初めてだった。キュッ、キュッと引き絞るようにペニスを食いしめてくる。

ともすれば暴発しそうな緊縮力に、圭介は大きく息を吐き、丹田に力をこめた。

「ズッポリ入ってる。こうやってあの男のモノも食らいこんだのか？」

「……やめてッ」

圭介は膣口ギリギリまで腰を引き、再び腰を打ちつけた。

挿入の衝撃に、形のいい乳房が揺れ弾み、汗で光る太腿が波打った。

英里はさらなる男肉の猛威を欲するかのように、ペニスを締めあげてきた。

ズンッ、ジュブブッ、パパンッ！

「はぁっ……いやっ……くうううっ」

しだいに加速する胴突きに、英里はしかと圭介の腕を掴み、あられもない咆哮を放ち続ける。貫かれる粘膜は熟れたザクロのごとくぱっくりと裂け、強打のたびに粘つく飛沫を噴きこぼした。

合わせ目の上部には、肥大したクリトリスが赤瑪瑙《あかめのう》さながらに艶めいている。

圭介が摘まみあげると、

「はあううっ」

激しく身をよじらせた英里が、圭介の腕に爪を立てた。

昂る体は興奮でまだらに染まり、噴きこぼれる蜜がテーブルにシミを描いていく。

ズンッ、ズンッ！

圭介は立て続けに腰を送りだした。

一方の手で英里が苦手とするクリ豆をはじき、もう一方はひざ裏を抱える。子宮をこすり立てては、身悶える英里をしかと目に焼きつけた。

「はあうっ……そこは……いやあっ」

クリを刺激されて拒絶の悲鳴をあげつつも、いつしか英里は自ら乳房を揉みしだき、尖る乳頭をひねっていた。

「ああっ……いい……ッ！」

打ちこまれるタイミングに合わせ、腰をしゃくりあげる。

泉のごとくあふれる女膣でペニスを貪っていく。

ヌチャッ、ヌチャッ、ジュブゥッ——!!

「ああっ、いいのッ……アナタッ……おかしくなるッ！」

かつてこんなふうにダイニングで交わったこともあったが、クリを責められてここまで身悶えする妻を見たのは初めてかもしれない。

「おかしくなれよ、もっと叫んでみろ！」

合コンで会った人妻たちとの情交が、圭介自身のセックスの技を高めたことも間違いない。

圭介はスラリとしたふくらはぎを掴み直し、肉の鉄槌を穿ちまくる。

パンッ、パンッ、パンッと肉のぶつかる音が響く。

「ああっ……アナタッ……すごく感じるのッ」

英里は仰向けになったまま、甲高い声で叫んだ。

ルームサンダルはとっくに脱げて、足裏がギュッとたわんでいる。

抽送のたび、結合部からは透明な体液が飛び散り、うっ血したクリトリスが弾けんばかりに膨らんでいた。

「ひっ……ああッ、ああーっ！」

膣奥深くまで貫かれたまま、英里はテーブルを引っかき回した。

美しく整えられたネイルが今にも折れそうだ。

「くううっ、だめええっ」

圭介は怒濤の乱打を見舞った。

いつしか透明な液は、白濁した本気汁へと変わっていた。

見慣れたはずのダイニングが、まったく別な場所に変わってしまったかのようだ。

「アナタ……もう、イキそうッ」

その言葉に、圭介は我に返った。

「ダメだ、まだイカせない。イクなんて許さないぞ」

ズッポリ埋まった蜜壺からペニスを引きぬくと、英里は落胆をあらわにする。

「ァァ……そんな」

圭介もすでに絶頂寸前だったが、ここで終わってはいけないと本能が突き動かした。

「来るんだ」

英里の腕を取った。

ふらつく彼女をテーブル脇にあるキッチンスペースへといざなう。

英里が出ていってからほとんど使われていないキッチンは、シンクはもちろん、スパイスや食器が並べられたガラス棚も整頓されたままだ。「片付けまでが料理」という彼女は、ガス台やオーブンレンジ、炊飯器などの手入れもこまめにやり、今もキレイな状態で保たれている。

「こ、ここで……？」

英里は息を弾ませながら、潤んだ目で訊いてくる。

「そうだ、料理ブロガーがイクには最高の場所だろう。さあ、シンクに手をつくんだ」

「えっ……」

困惑しながらも、英里は圭介に言われるまま、ステンレスのシンクの縁に手をおき、尻を突きだした。

欲望を宙づりにされた体は、もう待てないと訴えるように妖艶なピンクに染まっている。

圭介が英里の背後に立ち、キュッとあがった尻をムギュムギュと揉みこねると、ますます息を弾ませた。

「いや……いやっ」

「拒絶するわりには、尻を振ってるじゃないか」

「ち、違うッ」

切迫した声に急かされたように、圭介は細い腰を掴んで身構える。

亀頭を尻のあわいに押し当てると、英里は当然のように尻をせりだし、脚を広げる。

圭介は一気に腰を押しだした。

ズブズブッ……!!

「ひっ、はあぁぁああ」

粘着質な蜜汁に後押しされながら、男根は再び膣奥に呑みこまれた。

英里はキッチンのシンクを摑み、大きく身をたわめる。

整然と並べられたスパイスやオイルの香りに混じって、汗の匂いが馥郁と香ってくる。

圭介は左手で乳房を揉み、前に回した右手で結合部分をまさぐった。

性毛はすっかり体液で濡れて肌に張りつき、とろける肉ビラの上には硬く尖るクリトリスが、圭介の指の動きそのままに右へ左へと弾かれる。

「くううッ」

英里は腰を引いた。クリトリスへの刺激を拒むのは、昔からのクセだった。

「ははっ、浮気相手にもクリを触らせなかったのか？　お前は昔からここを強く刺激されるのが苦手だものな」

「い……いやッ」

圭介は右手を移動させ、英里の腰を摑んだ。

ピストンの速度をあげて、続けざまにペニスを叩きこむ。

角度を微妙に変えながら、渾身のストロークを浴びせていく。

パンッ、パパンッ、パパンッ！

「あぁッ……あぁあああっ」

ロングヘアが乱れ、汗がシンクに飛び散った。目に見えずとも、気悦に歪む艶顔がそこにあるはずだった。

キッチンに二人の嬌声が響きわたる。

圭介は息つく間もなく、英里の最奥にペニスを穿ちまくる。

興奮に広がったカリ首で膣上部を逆撫でしては、執拗にねじこんだ。

シンクを摑む指先が、力みで真っ白になっていく。

ズブッ、ズジュジュッ……

「あぁっ……いいのっ……いいっ」

卑猥な肉音が、いくどとなく圭介の鼓膜を打った。

腰を送りだすタイミングに合わせて、英里も尻を振り立てると、緋色にとろける結合部から白く濁った女の汁があふれだした。

「も、もう……ダメ……イキそう」

英里が切迫した声とともに、尻をガクガクと震わせた。

圭介ももう限界だった。

鋼《はがね》のごとく硬化した男根は、肉の凶器さながらに膣路を串刺しにするものの、絡みつく粘膜がこれ以上の継続を許さない。

刻一刻と迫りくる射精の予感に駆られながら、圭介は汗ばむヒップをわし摑み、膨れあがった怒張で貫き、穿つ。

肉ずれの音も高らかに、ラストスパートに向けて怒濤の乱打を浴びせまくった。

「ああーーっ、はぁあーーっ！」

英里はシンクに爪を立てた。

「アナタ……イクぅ……イクうぅッ……はぁあああっ！」

女体が大きく弓なりにのけ反り、愉悦の咆哮を放つ。

尻をビクッ、ビクッ、と卑猥に痙攣させながら、強烈な収縮でペニスを締めあげた。

最奥まで挿入した肉棒が灼熱に焼かれた瞬間、
ドクン、ドクン、ドクン――!!

「おおうっ、おううっ」

圭介は久しぶりに妻の膣奥に煮えたぎるエキスを噴射した。

5

オフホワイトのニットを脱がせると、純白のブラジャーに包まれた乳房が現れた。
甘い匂いを放つこの素肌に、もう何度触れただろう。
やはり彼女には、清潔感ある白が似合う。
初めて会った時も、彼女は純白の服に身を包んでいた。
圭介の手が彼女の背中に回り、ブラのホックを外すと、
「ン……」
すでに陶酔しきった声が、濡れた唇から漏れてきた。
彼女の肩を抱き、二人でベッドに横たわる。
ブラを抜きとり、たわわに実るEカップの乳房を両手で包むと、
「ハア……圭介さん……嬉しい」
彼女は我慢できないと言いたげに身を震わせ、大きな瞳を潤ませた。
柔らかな膨らみを揉みしめながら、圭介は桜色の乳首を口に含む。

「ン……いい……待ちきれなかったの」

彼女は悩ましい吐息をつき、圭介の頭を掻き抱いてきた。

尖った乳頭を舌先で上下に弾くたび、

「はあ……ンンッ……」

くぐもった喘ぎとともに、乳首がみるみる硬さを増してくる。

ツンと尖った赤い実を乳輪ごと口に含み、吸いあげては、チロチロとねぶりまわす。

「我慢できない……私にも……」

彼女の手が圭介の股間に伸びてきた。

「すごい……硬い」

勃起はすでに臨戦態勢になっている。

ファスナーがおろされ、赤銅色にそそり立つペニスが取りだされた。

「ね、一緒に……お願い」

「ああ、わかった」

圭介の言葉に、彼女はフレアスカートとパンティを素早く取り去った。圭介も服を脱いで全裸になる。互いに生まれたままの姿になると、

「好きだよ……香澄」

「私も……」

熱い唇を重ね合った。

圭介は、最初の既婚者合コンで出会った京野香澄の柔らかな体をギュッと抱きしめる。

「ン……苦しい」

「苦しいくらい抱きしめなくちゃ不安になるって、前に香澄が言ってただろう？」

「ふふ……そうだったわね」

香澄は圭介の腕の中で幸せそうに微笑んだ。

再びキスが交わされる。舌を絡め、唾液を啜り合った。

──香澄と月に二回ほど逢うようになって、すでに三カ月がすぎていた。

それまでＬＩＮＥだけのつながりだったが、圭介が勇気をだして誘い、二人は再びベッドを共にした。そこから定期的に逢う関係となったのだ。

逢瀬の場所は、互いの自宅や勤務地からも遠いシティホテルだ。

もちろん、既婚者合コンには参加していない。

あれから、妻の英里は芸能事務所を辞めて、圭介のもとに戻ってきた。

小夜子が撮った写真を英里の弁護士に見せると、代理人はたいそう驚き、「逆に御子柴さんが、英里さんと相手の男性を訴えて慰謝料を請求することも可能ですよ」と言ってきた。

しかし、圭介は断った。

英里に事務所を辞めさせ、相手の男と別れさせることで決着をつけたのだ。

圭介は表向きは英里を許し、家庭に戻ることを希望した。あれを機に、夫婦のセックスも復活した。

そして、秘かに香澄との密会を重ねている。互いの家庭を壊すことなく、「セカンドパートナー」としての新たな関係が始まったのだ。

ピチャッ……ニチャッ……

「ああ……気持ちいい」

香澄が汗ばむ尻を揺すった。

彼女が上になったシックスナインの体勢だ。

弾力ある尻のあわいからは、恥ずかしげに顔を覗かせるサーモンピンクの粘膜が光り輝いていた。甘酸っぱい香りを放つ透明な愛液が、とめどなくあふれてくる。圭介が両手で支えもつ尻丘を左右に広げ、チュッと肉ビラを吸いあげると、

「アン……ッ」

香澄もそれに応えるように、ペニスを深々と咥えこんだ。

圭介からは見えないが、艶やかな唇をOの字に広げてペニスをしゃぶる間延びした美貌が思い描かれる。

「うぐっ……うんぐっ」

香澄は鼻奥で悶え泣きながら、口唇をスライドさせてきた。

ねっとりと絡みつく舌が、肉幹からカリのくびれ、亀頭までもをあますことなく動き回る。やわやわと陰嚢を揉みしだいては、尻を揺らめかせ、喉奥の狭まった部分で亀頭を締めあげてくる。

「おおおっ……」

圭介がたまらず腰を震わせた。

香澄はじゅるるっ、じゅるるっとわざと唾音を立てて吸いしゃぶり、手シゴキも加えてきた。咥えこむ際は包皮を剝きあげ、吸いあげる時は剝きおろす。

圭介も万感の思いをこめて、興奮に肥厚する女陰をしゃぶり回し、珊瑚色に

尖ったクリ豆を舌先でつつく。刺激を求めてふるふると震えるヴァギナも、赤く剝けたクリトリスも、あふれる蜜液もなにもかもが愛おしい。

「うっくっ……くくっ……」

香澄の尻が軽く痙攣している。挿入してほしいという合図だ。逢瀬を重ねるたび、彼女の性感は研ぎ澄まされ、まさに開花という言葉がふさわしいほどの反応を見せるようになっていた。

抱き合うごとに肉がなじみ、心もつながっているのだという確信が高まっていく。

「……ン……お願い……」

「じゃあ、上に乗って」

圭介が騎乗位になるよう促すと、香澄はいそいそとヒップを揺らしながら圭介の体から降り、蹲踞《そんきょ》の姿勢をとった。

唾液にコーティングされたペニスを、たおやかな手が握る。

「すごい……カチカチ」

「香澄だからさ……相手が香澄じゃないと、こうはならない」

「嬉しい……」

握った怒張がワレメにあてがわれた。圭介を見おろしながら、香澄はゆっくりと腰を落としてきた。

ズブッ、ズブズブ……ッ
「あ、ああ……ッ」

互いの粘膜が溶けあうように、吸いつき合う。男根が熱く打ち震えた。

ペニスはズッポリと根元まで香澄の肉体を貫いた。

つながった肉をさらになじませようと、香澄は圭介の腹に手を添えて腰を軽く前後させる。

「あ……いいっ」

二週間ぶりの結合の悦びを嚙みしめるように、腰を揺すっては圭介との交接に歓喜する。白い肌はすでに生々しいピンクに染まり、丸々した乳房が跳ねおどる。

香澄の腰の動きに合わせ、圭介もひざのバネを使って突きあげた。

腹筋に力を入れ、さらに膣路の奥へと穿ちまくる。

「あ……奥まで響く……そこ、いいッ」

香澄はセミロングヘアを跳ねさせながら、眉根をたわめた。

さらなる愉楽を味わおうと、あらゆる角度に腰を揺らめかせ、怒張を深部に到達させる。

「すごい、キツイよ……抱くほどに気持ちよくなる」

圭介も勃起がいっそう女肉と吸着するのを感じていた。

と、ベッド脇にあるスマホの着信音が鳴った。

圭介のスマホである。

液晶画面には「御子柴英里」と表示されている。

一瞬、息を呑み、顔を見合わせた二人だが、

「出てあげて。私は静かにしてるから」

香澄の言葉に圭介が通話ボタンを押す。

開口一番、

「アナター、何度やってもカメラが作動しないの。今回の料理はヒット確実だから、早く手伝って！」

嬉々とした声が通話口から響いてきた。

圭介は声のトーンを落として冷静に対応する。

「わかった。仕事を終えたらすぐに見るから、今は撮影以外のことをやってて」

「じゃあ別のレシピを考えてるわ。明後日までにアップしたいから、早く帰って

きてね」

通話を切ると、圭介のモノを食いしめながら香澄が賞賛の言葉を口にした。

「奥さんのユーチューブ、けっこう人気みたいね。登録者数がすでに三万人なんてすごいわ」

その口調に、皮肉めいたものはいっさいない。

むしろ「うまくいくといいわね」と応援してくれている。家庭の円満が、結局のところ圭介の幸せ——ひいては、自分たちの幸せにもつながるとの思いからだ。

芸能事務所を辞めた英里は、すぐにITリテラシーに長けた圭介に「ユーチューバーになるから協力して」と願いでた。

料理の献立を考え、定点カメラで撮影するのは英里の役目で、編集は圭介がやっている。

すでに三十本もの動画をアップし、再生回数は累計二十万を越えていた。

「ね……さっきの続き……」

再び、香澄が腰を揺らめかせる。今度はひざ立ちで尻を振り立ててきた。ペニスを包みこむ熱い女襞がもっと欲しいと訴えるようにわななないている。

ズチュッ……クチュッ……

「ああ……いい……ッ」

英里の電話など忘れたかのように、香澄はうっとりと瞼を閉じた。

圭介も香澄の抽送に合わせて勃起を突きあげる。

もっと深く、もっと強く――

（セカンドパートナーか）

圭介の脳裏に、初めて既婚者合コンに参加した「Jドリーム」の女社長、木村栄子の言葉がよみがえった。

――結婚がゴールではないことは、既婚者の皆さんならご承知でしょう。私はひとりの女性として、既婚者にも出会いの場があってもいいと常々思っていました。結婚生活や夫婦の在り方が多様化するいま、夫婦関係とは別に、新しい関係を築きたいと切に願う男女が増えています。弊社はそのお手伝いをしたい。言うなればセカンドパートナー探しです――

とろけるような表情で腰を振る香澄に、

「香澄、キスしようか」

圭介は半身を起こした。

「ど、どうしたの……？　急に」

甘美な抜き差しを中断された香澄が戸惑っている。その表情さえもが愛おしい。

「急にキスしたくなっただけさ」

香澄を抱きよせ、強引に唇を押しつけると、

「ふふっ、なんか嬉しい。キスって幸せ」

頬を赤らめ、恥じ入りながら、ついばむような口づけを返してくる。

接吻は、しだいに情熱的なものへとエスカレートしていく。

二人は互いを慈しむように、きつく抱きしめあった。

＊この作品は、書き下ろしです。また、文中に登場する団体、個人、
行為などは実在のものとはいっさい関係ありません。

二見文庫

人妻合《ひとづまごう》コン　不倫《ふりん》の夜《よる》

著者　蒼井凜花《あおいりんか》

発行所　株式会社 二見書房
東京都千代田区神田三崎町2-18-11
電話　03(3515)2311［営業］
03(3515)2313［編集］
振替　00170-4-2639

印刷　株式会社 堀内印刷所
製本　株式会社 村上製本所

ISBN978-4-576-20132-0
https://www.futami.co.jp/

二見文庫の既刊本

ハメるセールスマン

AOI,Rinka
蒼井凜花

辰男は優秀な営業マンだったが、理不尽なリストラにあい、美白化粧品の会社に就職した。彼には自社製品の効果のように思わせられる「生まれつきの美肌」があり、ある人妻の家を訪問した際、そのことでヤレてしまった。こうしてセールスと実益をあげていくなか、自分をクビにした元上司の妻に関する噂を耳にし……。女性読者に大人気の作家によるセールス官能！